康奈尔·伍里奇黑色悬疑小说系列

黑色帷帘

[美]康奈尔·伍里奇 著

王巧俐 译

上海文艺出版社
上海故事会文化传媒有限公司

康奈尔·伍里奇黑色悬疑小说系列（全18种）

编委会

总策划　夏一鸣

主　编　黄禄善

副主编　高　健

编辑成员（按姓氏拼音为序）

蔡美凤　高　健　洪圣兰　胡　捷

黄禄善　唐　祯　吴　艳　夏一鸣　朱崟滢

序　言

你见过妻子为丈夫的情妇洗冤吗？见过杀手恋上自己的谋杀目标吗？还有弃妇嫁给死人、员工携带老板爱妻逃亡、富豪邮购致命新娘，等等。所有这些令人心颤的诡谲事件，或者说，诞生在西方资本主义世界的怪胎，都来自康奈尔·伍里奇（Cornell Woolrich, 1903—1968）的黑色悬疑小说。黑色悬疑小说，又称心理惊险小说，是西方犯罪小说的一个分支。它成形于20世纪40年代，在50年代和60年代最为流行。同硬派私人侦探小说一样，这类小说也有犯罪，有调查，然而它关注的重点不是侦破疑案和惩治罪犯，而是剖析案情的扑朔迷离背景和犯罪心理状态。作品的叙事角度也不是依据侦探，而是依据与某个神秘事件有关的当事人或案犯本身。伴随着男女主角因人性缺陷或病态驱使，陷入越来越可怕的犯罪境地，故事情节的神秘和悬疑也越来越强，从而激起了读者的极大兴趣。

康奈尔·伍里奇被公认是西方黑色悬疑小说的鼻祖。他出生于美国纽约，幼年即遭遇父母离异的不幸。在前往父亲工作的墨西哥生活了一段时期之后，他回到了出生地，同母亲相依为命。1921年，他进入了哥伦比亚大学，但不多时，即对平淡的学习生活感到厌倦，并于一场大病之后退学，开始了向往已久的职业创作生涯。1926年，他出版了长篇处女作《服务费》，接下来又以极快的速度出版了《曼哈顿恋歌》等五部长篇小说。这些小说均被誉为"爵士时代小说"的杰作，尤其是《里兹的孩子》，为他赢得了《大学幽默》杂志举办的原创作品大奖，并得以受邀来到好莱坞，将小说改编成电影剧本。1930年，"事业蒸蒸日上"的康奈尔·伍里奇与电影制片商的女儿结婚，但这段婚姻只维持了几个星期便因他本人的恋母情结和同性恋倾向而告终。此后，康奈尔·伍里奇一度意志消沉，创作也连连受挫。一怒之下，他销毁了全部严肃小说手稿，转向通俗小说创作。1940年，他的第一部黑色悬疑小说《黑衣新娘》问世，顿时引起轰动，他由此被称为"20世纪的爱伦·坡"和"犯罪文学界的卡夫卡"。紧接着，他又以自己的本名和笔名陆续出版了17部国际畅销书，其中的《黑色帷幕》《黑色罪证》《黑夜天使》《黑色恐惧之路》《黑色幽会》同《黑衣新娘》一道，构成了著名的"黑色六部曲"。其余的《幻影女郎》《黎明死亡线》《华尔兹终曲》《我嫁给了一个死人》，等等，也承继了同样的黑色悬疑风格，颇受好评。与此同时，他也在《黑色面具》等十几家通俗杂志刊发了大量的中、短篇黑色悬疑小说。这些小说同样受欢迎，被反复结集出版。然而，巨额稿费收入并没有给他带来精神愉悦。他依旧"像一只倒扣在玻璃瓶中的可怜小昆虫"，徒劳挣扎，郁郁寡欢。自50年代起，因酗酒过度，加之母亲逝世的沉重打击，康奈尔·伍里奇的健康急剧恶化，他的一条腿因感染未及时医治而被截除。1968年，康奈尔·伍里奇在孤独中逝世，死前倾其所有财产，以母亲名义为母校哥伦比亚大学设立了一项教育基金。

康奈尔·伍里奇的黑色悬疑小说引起了众多作家的模仿。最先获得成功的是吉姆·汤普森（Jim Thompson, 1906—1977）。他的《我心中的杀手》等小说以破案解谜为线索，表现罪犯的犯罪心理，从多个层面反映小人物的重压。稍后，霍勒斯·麦考伊（Horace McCoy, 1897—1955）和戴维·古迪斯（David Goodis, 1917—1967）又以一系列具有类似特征的作品赢得了人们的瞩目。20世纪50年代至60年代，黑色悬疑小说层出不穷，代表作家有查尔斯·威廉姆斯（Charles Williams, 1909—1975）、哈里·惠廷顿（Harry Whittington, 1915—1989),等等。同康奈尔·伍里奇和吉姆·汤普森一样，这些作家注重塑造处在社会底层、具有人性弱点或生理缺陷的反英雄，但各自有着独特的创作手法和成就。

康奈尔·伍里奇的黑色悬疑小说还引发了战后西方黑色电影浪潮。自1937年起，依据康奈尔·伍里奇的长、中、短篇黑色悬疑小说改编的电影即频频出现在美国各大影院，并进一步成为好莱坞电影制作的主要来源，尤其是1954年，阿尔弗雷德·希区柯克(Alfred Hitchcock, 1899—1980)执导的电影《后窗》赢得了爱伦·坡奖,将这种改编推向了高潮。据不完全统计,20世纪40年代至60年代,共有35部康奈尔·伍里奇的作品被改编成电影,其数目远远超过达希尔·哈米特(Dashiell Hammett, 1894—1961)和雷蒙德·钱德勒(Raymond Chandler, 1888—1959)。不久,这股康奈尔·伍里奇作品改编热又延伸到了南美、德国、意大利、土耳其、日本、印度,尤其是《黑衣新娘》和《华尔兹终曲》,在法国持续引起轰动。80年代和90年代,康奈尔·伍里奇作品又被西方各大媒体争先恐后改编成电视连续剧、广播剧。与此同时,新一波电影改编热又悄然兴起。直至2001年,美国著名影视剧作家迈克尔·克里斯托弗(Michael Cristofer, 1954—)还将《华尔兹终曲》改编成了电影《原罪》,广受好评。2012年,《后窗》又被改编成百老汇音乐剧。2015年至2019年,作为好莱坞经典保留剧目,电影《后窗》再次在美国各大影院上映,引起轰动。

这套丛书汇集了康奈尔·伍里奇的18部黑色悬疑小说,包括16部长篇和2部中短篇,是迄今国内译介康奈尔·伍里奇的品种最齐全、内容最丰富的一个系列。这些小说既有爱伦·坡和卡夫卡的印记,又有硬汉派侦探小说的风格,但最大特色是制造了紧张的恐怖悬念。作品大多数以美国经济萧条时期的大都市为背景,着力表现人性的阴暗面和人生的残忍、污秽、挫败以及虚无。譬如《黑衣新娘》,描述一个神秘女子伪装成不同的身份和外表对多个男性疯狂复仇，起因是多年前那些人枪杀了她的丈夫，从那时起，她就誓言血债血偿，其手段之残忍，令人咋舌。而《黑色幽会》则描述一个男子的未婚妻被五名男子的空中抛物致死，其心灵被疯狂滋长的复仇欲望所扭曲，并渐至迷失本性。在难以言状的病态心理驱使下，他将这五名男子最心爱的女人一个个杀死。与此同时，他也成为可悲的社会牺牲品。

同这类以罪犯为男女主角的小说相映衬的是另一类以受到陷害、孤立无援的无辜者为男女主角的作品。《黑色帷帘》和《幻影女郎》堪称这方面的代表作。在《黑色帷帘》中，男主角脑部遭受重击丧失记忆力，过去的生活片段如梦魇般在内心煎熬。他渐渐回忆起自己曾被人陷害，是一起谋杀案的疑犯。而要洗清嫌疑，他必须恢复记忆。伴随着支离破碎的回忆，他极度害怕自己就是真凶。无独有偶，《幻影女郎》中的男主角与妻子吵架负气出门，在与陌生女郎约会之后，发现妻子被杀，自己则被控告行凶，判处死刑。本可以证明他清白的神秘女郎，却仿佛人间蒸发一般，而那晚所有见过他的人，都不记得他曾与女郎在一起。随着行刑日期接近，所有寻找女郎的努力都以失败告终。即便他本人也开始怀疑，是否真有这样一位女郎存在。

为了增加作品的悬疑，特别是中、短篇小说中的悬疑，康奈尔·伍里奇也会仿效一些传统侦探小说的写法，描述一些出人意料的谋杀奇案。如《死亡预演》描写身穿宫廷裙服的女演员突然被烧死，警方必须弄清楚罪犯（伴舞者中的一个）如何在一大群伴舞者中放火杀人。而《自动售货机谋杀案》要解决的则是罪犯如何利用自动售货机毒杀三明治购买者。除了一些常见的布局手法，暗示超自然力量的存在也是康奈尔·伍里奇解释某些罪案发生的方法之一。《眼镜蛇之吻》述说一个离奇的印第安妇女能将毒蛇的毒液转移至其他物品。《疯狂灰色调》描述一个坚持要解读出"乌顿"（一种巫术）秘密的乐师。《向我轻语死亡》则以一个先知谶语来展开叙述。面对通灵师预言女孩的叔叔将在两天后被雄狮咬死，警察该如何阻止这场事先张扬且没有罪犯的命案？被预言逼得精神失常的叔叔又该如何保护自己？所有人是否能在死亡期限之前揭开阴谋面纱？诸如此类的谜底，将在"康奈尔·伍里奇黑色悬疑小说系列"中一一找到答案。

黄禄善

Contents

帷幕落下
消失的三年 /3
摆脱追踪 /15
又见追踪者 /24
阴霾消散 /31
恶性循环 /41
回到起点 /44

帷幕升起
一无所获 /61
珐琅烟盒 /69

78／ 大门开启

81／ 神秘女孩

88／ 小心试探

96／ 寻找答案

99／ 开始之日

102／ 遗失的记忆

108／ 寻找真凶

帷幕背后

113／ 乔装打扮

117／ 躲避追踪

132／ 再遇故人

137／ 踏入过往

147／ 近在咫尺

159／ 命悬一线

180／ 劫后余生

189／ 真相大白

197／ 回归安宁

帷幕落下

消失的三年

一开始，一切都是模糊的。接着，他感觉到身边有些手在摸索什么，很多人的手。他们并没有碰他，只是在清理他身上的东西。他觉得他们就在一步开外的地方，把覆在他身上的松散碎渣，像水泥块和碎砖块，都扔到一边去。碎石清理得很快。

这时，他隐隐听到一个声音说："救护车来了。"另一个声音回答道："把他抬过来，这样他们好处理。"

他觉得自己被抬起又放了下来。他试着睁开眼睛，大量沙砾和灰尘钻进来，刺痛难耐，他只能再次闭上双眼。他又试了一次，这回睁开了。浅蓝的天空刺痛他的眼，周围站满了人，那些颠倒的面孔围成一圈，都盯着他。

他觉得有人解开了自己的外套和衬衣，然后按压他身体的两侧。"肋骨没有骨折。"那人又弯了弯他的胳膊和双腿，说，"没有骨折。他摔得很轻，只是头上起了个大包。"

他被扶着坐了起来，灰浆什么的顺着他的头发滴落下来。那名实习救护生说："好了，伙计，我们会包扎好，会给你处理好的。"

实习生在那个包上涂了点东西，火辣辣的，痛得这人跳了起来。接着他又在上面敷了点药膏，说："好了，我想你现在可以站起来了。"

救护人员扶着他站了起来。一开始，他伸出手抓住一个人好站稳，接着他就能自己站稳了。

"你要不要跟我们一起坐车去医院做个检查？"实习生一边问，一边合上了他的急救箱。

"不用了，我没事。"他说。现在一定很晚了，他想回家。弗吉尼娅还在等他，他不想很晚才到家。

"好吧，不过要是你觉得哪里不舒服，最好还是来医院做个检查。"

"好的，我会的。"他说。

一名警官挤上前，摊开一个笔记本说："告诉我你的姓名和住址。"

"弗兰克·汤森，拉瑟福德北街820号。"他毫不犹豫地回答。

就这样结束了。救护车呼啸着开走了。

警察写完报告也转身离开。刚刚发生的一幕留下的唯一痕迹，就是人行道上的碎石和旁边房屋顶上一道参差不齐的裂口。围拢来看热闹的一大群人四散而去，汤森也转过身，慢慢步入人群中。

一个十二岁左右的男孩在他身后大声喊："喂，你的帽子掉了！我给你捡起来了。"

汤森转过身，从男孩手里接过帽子，稍微掸了掸灰，翻过来准备戴上，忽然他愣住了。他盯着帽子内侧，只见吸汗带上有两个字母缩写"DN"。

他摇摇头，准备把帽子还给那男孩。"你从哪儿捡来的？这不是我的帽子——"

"就是你的！你晕倒的时候我看到帽子从你头上掉下来的！"

汤森狐疑地看了看四周凌乱的人行道和旁边的水沟，但是没看到别的帽子。

这孩子不以为然地瞪大了眼睛看着他："先生，你连自己的帽子都认不出来吗？"

旁边有几个大人笑了起来。他们站在一旁，目瞪口呆地看着他。他想赶紧走掉。事故过后，他走路还是有点趔趄。他想回家。他试着戴上帽子，发现大小刚刚好，他明显觉得，在此之前，这顶帽子他戴了不知道有多少回了。

他没有摘下来，就这样走上街道，但是他很清楚，自己头上正顶着一顶陌生人的帽子。

他环顾四周,想不通自己在这里做什么,为什么到这里来。这条街上都是贫民窟,到处都挤满了人,堆满了手推车。是公司派他来处理什么事情?还是弗吉尼娅让他跑个腿?不管是什么,这场意外的冲击已经让他完全想不起来了。他转过街角,经过一个写着"提拉里街"的路牌。回家路上,他漫不经心地在衣服口袋里摸索着香烟。

平时他都是一连几天揣着个廉价香烟盒,揉得皱巴巴的,揉烂了才扔掉,这次他掏出来的却不是这种廉价香烟盒,而是一个光滑的珐琅烟盒,一个镶金边的薄薄的圆盒子,闪烁着不祥的光泽。

他猛地把烟盒扔到地上,好像手被什么咬了一口似的,又盯着地上的烟盒看了半天,最后,他弯下腰,颤抖着手把它捡起来。他打开烟盒仔细查看,里面的香烟并不是他平时抽的那个牌子。烟盒里外什么标识都没有,不知道是谁的,也不知道他是从哪儿弄来的这烟盒。

他把烟盒放回口袋,强迫自己往前走,唯恐在这里站得太久会忍不住胡思乱想。一种莫名的惊恐袭上心头,他担心站在这里会越来越害怕,最后被恐惧的闪电击中。此时此刻,他什么都不想,只想回家。

他上了一辆公交车,离家还很远。他坐在公交车里,一路下来仿佛笼罩在某种阴影中,实际上车内灯光还挺亮的。

他下了车，拐过街角，熟悉的拉瑟福德街区终于出现在了眼前。他拖着步子往自己的公寓走去，再经过几户人家就到了。尽管这街道是他所熟悉的，却有一点点不一样，似乎到处都有一些不同，但具体是哪里有变化他又说不上来。他看到几个熟悉的小孩在玩耍，但他们看起来都长大了。

他看到前面就是家了。到了，他转过身正要进屋，忽然止住了脚步，骇得一动不动，站在门口最下层的台阶上。他表情僵硬地望着自家这栋两层小楼左侧的窗户，今天上午到底发生了什么？天哪，这到底是怎么回事？

只见窗帘没了，窗玻璃朦朦胧胧的，蒙了一层灰，看起来有好几个星期没擦过了。弗吉尼娅总是把窗户擦得亮晶晶的，怎么可能一个上午就成了这副样子？她一定是特地在上面洒了白蜡粉或者去污粉，也许她正在尝试新的方法做清洁，而且她把窗台上那盆天竺葵也拿走了。

他惊魂未定地朝里走去，脸色依然苍白，心怦怦直跳。他发现钥匙弄丢了，也许是落在事故现场了。他不想浪费时间去找钥匙，只想进门，甩掉这种诡异的感觉。他敲了敲门，慌乱地拧着门把手。

她没有来开门，她没有让他进去。他不能就这样站着。他走回大门口，给看门人的妻子弗罗姆太太打电话。

她马上就来了，看到他，吓了一大跳，这也让他觉得十分诡异。

"汤森先生！天哪，你在这里做什么啊？"

"我在……"他怔怔地附和道。

"你想收回你的旧公寓吗？开个口就行。房子就在这儿，上一个租户搬走才六个星期。"

"我的旧公寓？才六个星期……"他用手扶着墙站稳，说道，"我能先喝口水吗？"

她慌慌张张地跑去给他倒了水。

这太诡谲了，让人胆寒，又匪夷所思，他觉得自己的怒火正在上升。他竭力保持内心的平静。"我是弗兰克·汤森，我回家来，跟我每天下班回家一样。为什么这样的事儿发生在我头上？"

她回来的时候，他已经努力做出一副平静的样子。他凭直觉就知道，无论是弗罗姆太太还是其他人，谁都帮不了他。他的事只会被耽误，他甚至还有可能被关进监狱。这世上他能完全信任的只有一个人，他只能去找她。不管他的弗吉尼娅在哪里，他想赶紧找到她。可是，她在哪儿呢？

他努力做出漫不经心的样子，说道："你能告诉我，我太太在哪里吗？先前一块石膏板落下来砸了我的头，现在还有点晕乎乎的，我走错地方跑到这儿来了……"

她吓得脸色发白，但还是给了他想要的答复。"汤森先生，您的太太现在住在安德森大街，从这里过去两个街区，街角第二幢房子就是。她来过这里几次，来看有没有她的邮件，我就只知道这些了。"

"谢谢,"他退了一步,有气无力地说,"我这样……呃……脑袋裹得像个球似的,样子很滑稽吧?"

她把他送到路口,有点担心地摇摇头说:"我要是你的话,我不会大意,你可能有点轻微的脑震荡……"

他转过身迅速离开,心里打鼓一样怦怦直跳。他现在害怕极了。这事越来越邪门儿了。一开始,帽子吸汗带上的名字缩写不是他的,接下来,口袋里装着一个他从未见过的烟盒,里面的香烟是他从未抽过的牌子。现在,他回到家却只见到一个空房子。就在一天之内,他的住所毫无征兆地改变了。而据看门人太太说,这竟然是几周或者几个月前发生的事了。他立马朝安德森大街的方向跑去。

最后他找到了地方,当他看到信箱上的一个名字——"弗吉尼娅·莫里森小姐",一阵近乎恐惧的感觉袭上心头,那是她的名字,哦不,不是她的名字。她为什么住在这个陌生的房子里,还用着娘家的姓?

不管这一切到底是怎么回事,他知道,几分钟之内,答案就会见分晓。可是他并没有感到欣慰。因为,这事太蹊跷了,完全不可理喻。此时此刻,他甚至有点害怕知道答案,就像他怕这神秘事件一样。

他按了按门铃,门闩开了。他步入门廊,走到一个房间门口,门牌号码就是他按的门铃上的数字。他站在门外等着。

几分钟过去了，没有人能忍受这种煎熬。这种诡异的陌生感让人发晕，这几分钟让人浑身紧张，等着要出什么事，却又不知道到底是什么，而实际什么都没发生。

他听到门后传来脚步声，便稍稍往后退了退，离门口远了一点，站到一边。这时，门把手转了一下，锁舌退进去，门开了一条缝——差不多露出一张脸的宽度——这下，他们两个四目相对了。

他和她。弗兰克·汤森和他的妻子弗吉尼娅。

他以前把她叫做他的布娃娃。也许是因为她身材修长，又总是懒懒地靠着椅子吧，她总是让他想起布娃娃，那种打扮时髦、歪着身子坐在梳妆台边上的娃娃。她不仅会面朝椅背地坐在椅子上，有时还会侧坐在扶手上。那时，她还常常把眼睛上方的刘海剪成一条直线。这让她看起来很像娃娃。而且她的嘴还非常小，经常看上去就像一道红色的褶子。这就是她了。

可是现在，这个布娃娃完全一副萎靡不振的样子。尽管她没有变，可确实也有点不同。一切都还是老样子，可又不完全是过去那样，感觉上更平淡、更含蓄一些，没有过去那么光鲜了。

他觉得她就要昏倒在地，不过她抓住门站稳了。她前额靠着门框，就这么站了一会儿，仿佛她的眼睛太累，需要整个头部都靠在门上来休息似的。

接着，她一下子扑倒在他的怀里。

她靠着他，不停地喘着气，仿佛呼吸困难，而他也被感染了似的呼吸不顺畅。

"弗吉尼娅，亲爱的，让我进去，"他说，"太可怕了，出了好多怪事儿。我只想进去，跟你待在一起。"

她用背顶着门关上，两只手抱紧他，好像要是不这么紧紧地抓住他，身后的门就会自动把他给吸走似的。然后，他来到卧室，卧室里两张单人床都是他熟悉的，他在一张床上坐下来，脱了鞋子。他注意到有一张床已经拆了，就连床垫也搬走了，只剩一个光秃秃的床架靠墙放着，上面堆满了盒子和其他乱七八糟的物品。另一张床则收拾得干干净净，他躺下来，她走进来，手里拿着一块冷敷包，敷在他头上。

然后，她坐在他身边，双手握着他的手，贴到自己的脸颊上。她什么都没说。可他看得出来，她也跟他一样害怕。

他一直疑惑不解地注视着她，最后，突然迸出来一句："弗吉尼娅，圣诞节的时候人家给我的那瓶裸麦威士忌酒呢……"

"我还留着呢。"她哽咽着答道，起身走了出去。他觉得自己很需要来点儿酒。

她回来了，递给他一杯威士忌。他接过酒杯牢牢地攥在手里，仿佛他的身家性命全押在这杯酒上了。"弗吉尼娅，我觉得真荒诞，我好像迷路了，不知道怎么回事，也许只是脑袋被砸了一下才这样，可我很想听听你的看法。在路上就发生了些蹊跷事儿，但那都无关紧要，我不会放在心上。最要紧的是，你为什么要这样做？

你为什么不跟我说一声就突然搬家了？为什么，我今天早晨去上班的时候……"

听到他这么说，她猛地捂住嘴，僵硬的十指交叠，哽咽的啜泣从指缝间迸出来。

他噌地从床上跳起来，凑近她，用力掰开她的双手："弗吉尼娅，你说呀！"

"哦，天哪，弗兰克，你在说什么呀？今天早晨……？我一年半以前就从拉瑟福德街搬到这里来了！"

这时的他们就像两个得了重病被吓坏了的人。他猛地一举杯，将手中的威士忌一饮而尽，空玻璃杯跌落在床上，落在他身边。他用双手紧紧地抱住头，唯恐它炸裂似的。

"我还记得我跟你在门口吻别！"他无助地说，"我还记你在我背后大声喊，提醒我，'你带围巾了吗？外面很冷。'"

"弗兰克，"她说，"单单是天气就可以解释了——现在很暖和，你也没有围围巾，连外套都没穿呢。你离开我的时候是冬天，现在是春天了。那是 1938 年的 1 月 30 号，你离开我的时候，我从没忘记那个日子，怎么可能忘记了？不过今天……等等，我还是让你自己来看吧。"

她进屋取了一张报纸，又踉踉跄跄地出来了，她把一张晚报递给他。

他急切地扫了一眼报上的日期。"1941 年 5 月 10 日。"

然后他一松手，报纸哗啦啦撒落一地，他捂着眼，手掌根部用力地抵着颧骨。"天哪，那些时间都怎么了？几百个星期、几十个月、几年——我什么都记得清清楚楚，一直到那天早晨，每一个细节都那么清楚。我记得我们早餐吃的什么，我还记得头一天晚上我们去看了电影，是麦克唐纳和埃迪主演的《罗莎莉》。那就像是在昨晚哪！可是现在，先前在提拉里街上，一栋房子上的石膏板落下来砸了我，他们把我救过来后，我就一路走回家。可是，这些年里到底发生了什么？"

"你什么都不记得了？"

"这些年没了，就像一秒钟一闪而过了！甚至连一秒钟都不到，因为就算只有一秒钟，只要你努力回想的话，也能记起什么来。可是，这些年过去了，就好像从来没有过一样！"

"也许，我们可以去看看医生……"

"没有医生能把我的记忆找回来，那是我的记忆，不是他的。"

"以前我读到过类似的案例，"她努力安慰他。"他们把这叫做失忆症。那天早晨，你离家去上班，这之后的时间里一定出了什么事，可能是车祸，也可能是被什么击中，就像今天晚上提拉里街上的意外一样。说不定是哪些孩子扔的棒球打中了你的头。不管是什么，你没有受伤，又站了起来，但你再也想不起自己是谁了，你忘了你要去哪里，忘了你要回家，回到我身边。而且，周围的目击者也不明白这是怎么回事。那天早晨你穿的西装是刚刚从洗衣店里拿回来的,你走得很急,没来得及把随身携带的私人物品从旧衣服腾到新衣服口袋里。其实,这些东西中的任何一样都有用,旧信封上的地址、账单发票,可是没有这些东西,你就彻底失联了。"

"不过,现在,"她说,"弗兰克,你回来了,这才是最重要的。我们别再想那些了。"

接下来的几个小时,他们又好好地谈了谈,他明显觉得没那么害怕了。可是跟弗吉尼娅相比,他更加忧心忡忡。这其实也很自然,迷失了身份的人是他,而不是她。对她来说,他回到了她身边,谜团就已经解开了,可是对他来讲一切依然那么费解,就像是安全地回到阳光照射的山崖边后,再回头注视着身后的深渊,那大张的口……一旦失足……

夜里,他们关了灯静静地躺在漆黑的房间里。半夜,他突然噌地坐起来,额头上直冒冷汗。"弗吉尼娅,我好怕!快开灯,我怕黑!那段时间里我在哪儿啊?我是谁?"

摆脱追踪

  他又恢复了原来的工作，换句话说，换了个职位，但老板还是原来的。在他失踪后的那些日子里，面对他上司们一次次的追问，弗吉尼娅告诉他们，他因为精神失常，需要离开去疗养一阵子。她的自尊心让她撒了个谎。一想到要是他们认为她连他去哪里、出了什么事都不知道，她就觉得难以忍受。所以现在，他再次出现时，上司马上给他安排了职位，大家都很同情他，并没有过多的追问。这样一来，事情就没那么尴尬了。
  熟悉的日常工作让他的生活慢慢步上正轨。那段空白渐渐退去，他甚至开始大胆地期待，不久之后的某一天，这会成为他们两人都依稀记得,却永不再提起的回忆。

白天越来越长了,他下了班走上街道的时候,落日余晖中的天色依然很亮。他在街角报摊上买了份报纸带回家,然后匆匆赶到平时坐车的地方,那里已经有一两个人在等车了。

他一边等车,一边摊开报纸读起来。摊开的报纸挡住了他下面半张脸,但他并没有故意这么做。

他站了大约两分钟,显然公交车晚了一会儿,忽然,他觉得眼皮跳了一下,他抬眼看了看,有一种被人盯梢的感觉。

就在汤森突然抬起头露出脸时,人行道上过往的人群中,一个正要经过他身边的人偶然看到了他。他漫不经心的一瞥迅速变成了目不转睛的凝视,紧接着又化为一种充满疑问的审视。

这个盯着他看的人原本大步往前走着,这会慢了下来,他迈开一小步,却忘记再迈出一步,他脚粘在地上似的,现在完全不动了。

就在这一瞬,汤森清楚地看到了这人的长相。他身材结实,个子中等偏矮一点,但算不上真的矮小。他的帽子盖住了头发,只有两侧露了一点出来,他的头发剪得太短,都看不出颜色来,不过那副乌黑浓眉下的眼睛倒像灰色的玛瑙。他目光犀利,毫不柔和,是不苟言笑的那种人。不过,仅仅从他的样子很难判断他是什么人。他只是人群中的一张陌生面孔,汤森并不认识他,也从来没见过他。

可是,陌生面孔并没有走开,而是停在那儿了,就像是潺潺的流水中突出水面的一块白色岩石。汤森心里敲响了警钟。没有人会无缘无故在大街上停下来使劲地盯着某个人看。这个人肯定是认出了汤森，或者他觉得认识汤森，但又不完全确定。不管是什么情况，这绝非单纯友善的熟人相逢的情形。这人的行为也证实了这一点。他心里依然有点拿不准，这时才意识到他的行为引起了别人注意，他那么放肆地盯着汤森看，已经引起了汤森的警惕。他试图继续前行——可他走得太急了，显得很假——他试图顺着熙攘的人行道退回到先前的距离，沿着一开始的路线前行。

但是他并没走得太远。前面不远处的一个橱窗似乎引起了他的兴趣，他突然转向朝那边走去。橱窗在斜对面，隔着一段距离，他在这里根本不可能清楚地看到橱窗里的东西。他走到橱窗前停了下来，回到人行道上，专注地看着橱窗里面。汤森很清楚，橱窗玻璃清晰地映出了他的影子。

此时此刻，汤森内心警铃大作。"我现在就离开这里！"他非常坚定地对自己说。他的头出奇地保持不动，脑子里却在掂量各种可能性。如果这个陌生人也跟着他上车的话，公交车只会是一个有四个轮子的牢笼。一旦他们俩都上了车，他就别想神不知鬼不觉地下车。

如果他回到上班的地方等几分钟，赶晚些时候的车，等他出来的时候，跟踪的人也许还在附近呢，而且那样他还会知道每天这个时候汤森是从哪里出来的，而现在他还不知道呢。

如果他只是绕着街区走一走，希望能甩掉盯梢的家伙后再回到原地的话，那么，他俩也完全可能一前一后地保持一定距离绕着街走。

任何被追捕或身陷险境的生命，不管是两条腿的人类还是四条腿的动物，都会本能在地上寻找一个洞好躲进去，没有什么能比一个地洞更好打掩护了。前面一条街上有地铁站。之前他从没去那儿搭过地铁，因为从这里过去要绕好远一条街才有站点。这并不是下班回家最便捷的路线。

可是暗地里的跟踪带来的威胁以及心中强烈的不安让他觉得这个选择更好。于是他决定去乘地铁，要是他能赶得上的话。

他稍稍偏了下头，并没有完全扭过头来看。他身后那个陌生人在商店橱窗门口站了很久，简直太久了。汤森就在这附近上班，很清楚那个店里有什么。那家商店里摆着支架和身体矫正仪。不管他要买什么，他都不需要任何身体矫正仪。他的背很挺直，腰部也精瘦灵活。

汤森不动声色地把报纸卷成筒，做好随时脱身的准备。他等着天色变暗一点，然后趁人不注意就开溜。他并没有拔腿就跑，而只是突然迈开轻快的步子离开这里。

他在开阔地带过马路的时候并没有回头看，但心里涌起一阵强烈的回头的冲动，那是所有被追踪对象的本能反应，可他还是忍住了。他走上对面那条街的人行道，街角的大楼暂时挡住了他们彼此的视线。

紧接着，他轻快的步伐马上变成了迈着大步的慢跑，尽量不引起路人的疑心。

这条街并不够长，他不可能一直保持这种领先位置，但是前方有一个规则的矩形缺口，就像地面上的一个陷阱，那里就是他要去的地方。他终于走到这里了。他的鞋后跟敲得钢板台阶当当响，听上去有点像是摇骰子的声音。这是个机会，他别无选择，必须抓住。

他走到台阶的一半，然后停下来，回头看了看，正好看到上面来人的鞋子，他赶紧直往下冲。

那名跟踪的男子正在街道上全速飞奔追赶汤森。他是来真的，不管怎样都要咬着汤森不放。

汤森来到了地下站台，他现在要做出一个选择，是穿过站台到对面，沿着台阶走到街上去呢，还是就在站台里找个地方躲起来。选择前者，那个追踪者又会在对面的人行道上跟上他，而选择后者，哪怕他只等一分钟的列车，这点时间也足以让他陷于无助的境地。

忽然，隧道里传来一阵呼啸声，就像一阵狂风吹来，一红一绿的车灯闪烁着，这倒让他下定了决心。他也许需要一分多钟才能逃离站台，但是上车后他也许就能藏身于人群中。轨道口突然出现一道炫目的光，明亮的列车车窗在站台前闪过，就在这时，他冲向了闸机验票口。

他庆幸自己有个小习惯，总是随身准备好一枚 5 分硬币上下班乘车用，而且跟口袋里其他零钱分开放，这样就可以省下宝贵的时间，不用每次在一堆1分、10分和25分的硬币中翻来翻去找了。眼下，这更是省了跑远路去换零钱的麻烦，而且去那里排队的时候他肯定就会被追上了。投币口的反射光将硬币上的托马斯·杰斐逊放大变形，成了一个丑陋的死亡面具，不过他顺利通过了验票口。

成败就在接下来的几秒钟，他很清楚，但他已经下了赌注，无路可退。他没有走入最近的门，那样也太明显是在逃命了，他跑到更远的一节车厢，这里已经避开了台阶上的人的视线。他精心地计算着车门关上前他还有多少时间。他来到第三节车厢的时候，车门开始关闭了，他一个侧身冲进去，差点被门夹住，一旦夹住，橡皮门框会自动弹开，整个列车的车厢门又得一个个重新关闭，耽误时间。

他成功了。他成功了吗？小小的明亮的红色车门指示灯熄灭了，控制信号传递给了驾驶员，地铁列车已经完全脱离了站台，只是还没启动。可是，如果那人脑子足够理智，冲进最近那道车门，也就是汤森避开的那道门，那他也可能上来了，此时此刻，他也许就在拥挤的列车车厢某处。

一想到这个汤森就十分担心，他耷拉着肩膀，无力地靠在车厢连接处的角落里。列车渐渐向前驶去，把站台甩在了后面。

这种惶恐不安原本会伴随他长长的一路，他不知道，在哪一刻，陌生的人群中会突然冒出一只厚重的手落在他肩膀上；或者某一顶帽檐下玛瑙似的眼睛已经死死盯上了他，他还丝毫没察觉；又或者他一直被跟踪着出了地铁，在某个更加僻静的地方被抓住。不过，这些不安都化为乌有了。

汤森所在的车厢驶过站台中央时，他看到跟踪者就在那儿，并没有赶上地铁。他一定是错过了时机。什么事情绊住了他，这倒有无数种可能。也许是他手上没有硬币，如果他真打算投币而不是直接从闸机验票口下钻过来的话，不过钻过来的可能性显然更大。也许他一时间要检查太多地方——站台，车站洗手间，还有一个地秤后面——稍一迟疑他就错过了。最有可能的则是那一大拨下车的乘客涌上台阶挡了他的路，所以他来晚了，而汤森正好及时避开了人群。最终，汤森赢了这一局。

他一路奔跑着追赶列车，但还是落了下来，他那鹰一般锐利的目光透过车窗，扫视着面前疾驰而过的一节节车厢，最终，汤森所在的车厢驶过他面前，这一刻，也是那一天中的最后一次，他们四目相对。汤森那并未因安全而减轻的恐惧的眼神，与此人誓不罢休的眼神，在这一刻交汇。

隔着模糊的车门玻璃，那人再也不掩饰了，第一次，他失手放过了汤森。他不再装作没有企图的样子，也不再装作不是冲着汤森来的。他脸上表情僵硬，冷灰的眼神没有任何情感流露，只见他不疾不徐地从身后掏出了一把枪。

他不可思议的举动把汤森给吓瘫了，他甚至都不知道蹲下来躲在钢板门后，通常人在害怕的时候会膝盖发软，可是他的膝盖却动弹不得，完全不受控制。他就像一只鸟儿被蛇给吓呆了一样。他也被周围不知情的人们夹在中间，朝任何方向都动弹不得。

　　这疯狂的一刻，汤森首先想到的就是对方要朝他开枪，那人并没这么做。他高高扬起胳膊举过头顶，用枪托狠狠地砸向车门。随着一记闷响，车门被震裂了，白色的裂纹向四方散开来，被砸中的地方似乎有弹性似的，凹进去形成了一个圆锥形小坑。可是车门依然完好，没有碎片落下来。

　　他准备把门砸破，然后伸手进来拉下车厢内的紧急刹车索，让列车紧急停车。这个举动真是太疯狂了，但理论上来讲并非不可行，只要他能一只脚踩在列车底座的狭窄边缘上牢牢站稳，同时抓住外面车厢连接处的手柄——这通常是给驾驶员用的——跟着行进中的列车坚持几秒钟，在隧道墙壁把他挤下来之前把车停下，他就成功了。他决心赌一把，他觉得自己肯定能在列车进入隧道把自己压成肉饼前把车停下来。

　　可是一股外力制止了他。一个身穿哔叽西服的地铁保安突然从身后抱住了他，跟他扭打起来，一下子就把他给制服了。那情形像极了拉奥孔雕像的造型，站台上这一幕一闪而过，灯光明亮的站台落在了汤森身后，眼前是漆黑的地铁隧道，列车畅通无阻地向前疾驰。

回家路上，汤森一直在想："他没有朝我开枪，他也许并不想杀我。"可这依然没有减轻他内心的恐惧。

他丝毫没有对弗吉尼娅提起这事。他能怎么说呢？只能依稀描绘个骇人的大概，都无法说清楚具体的内容。对她说路上有一个陌生人跟踪他吗？这样说不是过头了，就是太轻描淡写了，他都不知道那人是谁，也不知道他为什么要跟踪自己，甚至不知道那人跟踪的对象，而他自己，又扮演了什么角色。

他只知道，那段神秘的过去仿佛漆黑的无底深渊，它并没有沉睡，并没有死去；它刚刚朝他吐出了血红的火舌，仿佛在搜寻他，要把他拽下去，将他彻底吞噬。

又见追踪者

第二天他过得提心吊胆的，第三天，开始放松些了，第四天，他的信心又有点动摇了。他又一次看到了那人，人群中的那张脸。

一个意外给他解了围。其实连意外都谈不上，只是件毫不起眼的小事，让他停下了脚步。他正从上班的地方往大楼外走时，一只脚的鞋带松开，绊了一下，就在这时，他看到外面那个灰玛瑙眼的人走了过来，就是那个跟踪他到地铁车站的人。他们相距只有寥寥几英尺，甚至比三天前他们邂逅时的距离还要近。打个比方说，他们近得手肘都快要碰到一起了。那人走在人行道上，正经过大楼拱门口，要不是鞋带松了，汤森这时候就该正好走到门口撞上他，差不多要踩他一脚。

汤森很清楚自己没认错人，就是他。太眼熟了，他已经成了汤森挥之不去的一个噩梦——在过去的几个夜晚，他频频出现在汤森的梦里——那厚重的肩膀，精瘦的腰，走路时身体摇摆的样子，他精瘦的身体协调性相当好。他穿着同样的衣服,戴着同一顶帽子，他的眼神都没变过，依然是灰色的眸子，冰冷而坚韧。

汤森第一个反应就是转身往回走，走到大楼深处，把那无所不在的威胁隔离在长长的拱廊外头。

可是，他发现自己不由自主地往前走去，跟在他身后，悄悄地看他要去哪儿。

汤森的办公大楼与街角之间有一个擦鞋摊，那里正好可以看到公交车站。汤森正好看到那个穿灰衣服的人从人群中走出来，走到那个摊位上，那里放着两把椅子，他在其中一把椅子上坐了下来。那里撑着一把帆布条纹伞给顾客遮阳，正好挡住了那人的脸部上方。他从口袋里掏出一份报纸，摊开来，又挡住了他脸的下部。就这样，他的整张脸都看不见了，只能看到擦鞋摊脚踏上的两条腿。

擦鞋匠迅速抽出擦鞋布，俯下身，用心地擦起鞋来。可是，有好几次，他挠挠头，又抬头看看读报纸的顾客，好像他不确定自己该做什么似的。那双鞋子一定是刚擦过的，根本不需要再擦。当然，他坐在这儿并不是为了擦鞋，汤森非常清楚这一点。

到目前为止，灰玛瑙眼男人只有两件事是确定的，一个就是那公交车站，也许汤森每天下班后都是去那儿乘车，另一个就是现在这个时候，照汤森的习惯，他现在多半走在去公交车站的路上。灰玛瑙眼男人很好地利用了这两点来进行跟踪，尽管今天他可能会落空，但汤森知道，灰玛瑙眼的判断是准确无误的。

汤森再也不会在这个车站乘车了，他现在每天上下班都要到另一条街的车站上下车，绕行一条街才到目的地。

他转身回到办公楼，从另一个出口离开，匆匆赶往另一个公交车站。一路上他不停地回头，看身后比看身前的次数还要多。在他看来，每一个穿灰西装的人都是敌人。直到公交车站的粉红色椭圆站牌出现在视野里，他才安心了。

回到家，在局促的房间中，他感到安全，还有一种不真实的勇气，他思忖着：下次见到那个人，我为什么不走上去，直接问他想干吗呢？我为什么要逃？我都不知道我在逃什么呀。也许他只是认错了人。下一次我看到他的时候，为什么不站在那儿，坚持一下，看看到底是怎么回事？

可是，他知道，下一次他还是会逃的。而且，他再见到那男人的时候，他也的确逃走了。

这场追踪的步伐越来越快，撒向汤森的追踪网正渐渐收紧。

接下来这次，灰玛瑙眼男人找到了汤森的办公大楼，并且进来了。汤森又一次差点撞上他。不可思议的是，他再一次奇迹般地躲开了他，这简直太有悖常理了。

那天早晨汤森到了办公大楼后，发现香烟没了，就去楼里的廉价药店买香烟。收银员正给汤森找零的时候，他漫不经心地看着窗外办公楼的大厅。

这一瞥不要紧，他猛地看到了三天前见过的同一副面孔，依然是掩映在灰色帽檐下的半张脸。灰玛瑙眼男人正在跟电梯操作员说着什么，而他们就紧挨着橱窗站着。

电梯操作员煞有介事地撅起嘴，点点头，对汤森来说，这无声的一幕太清楚不过了，仿佛他能听到他们的对话似的。"对，最近几天我是看到过那样一个人在这儿进进出出。他一定是在这栋楼里上班。"汤森回来上班才一周，所以电梯操作员对他不熟。

那男人眼帘低垂，不怀好意地盘算着，他又问了些什么，嘴唇都没怎么动。

电梯操作员摇摇头，朝着身旁来往不绝的人群摆摆手，无可奈何地耸了耸肩。很明显，他是在说："这么多人来来往往，你不可能每一个人都去跟踪，你知道，这行不通的。"

汤森吓得一动不动，直直地站着，突然一个声音从柜台后传来，才让他回过神来。"我能给您推荐一款香烟吗？今天这款有特价。"

汤森转过身，快步朝大门走去，迅速离开了药店。

他又来到了大街上，心烦意乱地往身后望了望，并没有灰眼睛的人在街角跟踪窥视他，他跑出了跟踪者的视野。他人逃掉了，可是他知道，自己的工作也丢了。

他继续走着，逃离这说不清道不明的一切。

这些话说起来总是容易的：直面问题！彻底弄明白到底怎么回事，至少要在你逃跑之前弄清楚原因。

可是他做不到。这就像你从高处一跃而下，也许会安全着地，也许不会，但有一点是确定的，那就是你无法重新回到起点。一旦他跟那男人搭上话，他的行动就再也不自由了。不管那人想从他身上得到什么，只要他接近那人，就再也甩不掉了。那人非常执着，在地铁车站用枪托砸车门的那股狠劲儿就表明了一点。这可不是三心二意的追逐，不是有一搭没一搭的纠缠，这是不折不扣的追捕。

他快要走到回家时乘车的站点了，想到了弗吉尼娅，心里又添一层烦恼。他该告诉她自己已经放弃了这份工作吗？

为什么不等等看？为什么又让她担心，给她添堵。她承受的已经够多了。他可以另外再找一份工作，而不必道出实情，告诉她为什么要把这份工作丢掉不干。他可以让她相信，自己已经找到了一份待遇更好的新工作。不管怎么样，他没有必要马上就告诉她。上班时间他就待在外面，找个公园坐坐，消磨时间。

他在弯弯曲曲的小路边的一条长椅上坐下来，身边，春天的青草地上，阳光洒下斑驳的阴影，这里的静谧极大地抚慰了他，可他心里依旧混乱不安。他坐在长椅边缘，时不时朝两只手上吹口气,好像要把手呵暖一样,更多时候,他只是无精打采地看着地面。过去几小时中发生的一切,一直萦绕在他的脑海中,挥之不去。

可是谜团没有答案,他的心依然悬着。"他来自'那段过去',一定是的,除此解释,没有其他可能。他没有认错人,他真的认识我,只是我不认得他了。他是'被遗忘的三年'中的某个人。"他知道,这就是真正让他害怕的——那种未知的气息。他并不是真的胆小鬼,并不是真的怕那个男人,如果现在他要做的只是去直面那人,他是能做到的。他的问题并不是行动上的怯懦,而是心灵上的恐惧。

这个男人从一片黑暗中走来,也带来了黑暗。他身上配着一种难以言喻的武器。他的追踪带有一种不达目的誓不罢休的狠劲儿。汤森没法鼓起勇气去面对挑战。他刚刚经历了一次深深的精神打击,还没有足够的时间恢复,也许接下来的几年内他都没法完全恢复。

在这个时候,汤森完全不能直面这场对勇气的全新考验。他需要安宁,需要安全。撕裂的内心需要时间来修复完整。此时他是那么不安,那么敏感,他需要时间来安顿自己的内心,恢复镇定。

没有人看到汤森在公园的长椅上坐了整整一天。他默不作声地待在那儿,竭尽全力地回忆过去,试图掀开过去的帷幕。

天色渐晚,孩子们开始匆匆离开公园。

时不时,有一两个保姆推着婴儿车也往家赶。鸟儿们似乎也飞走了,至少现在鸦雀无声了。周围的阳光开始退去。整个世界都谢幕了。公园那么安静，悄无声息，静得让人毛骨悚然。白昼消逝了。

夜幕开始悄悄降临。蓝色的阴影像张开的五爪，从树林下方慢慢地伸向汤森。它只在无人细看时潜行，被发现时又佯装静止。阴影渐行渐深。一开始，是蔚蓝色的，天光还亮的时候几乎不可见，然后变成了深蓝，仿佛是在草丛上缓慢翻滚的墨水，将青草从根部到叶片全都染成了深蓝，最后，它逃脱了夕阳红彤彤的双眼的监视，变成了黑色，露出了真实面目。

那些张开的五爪中最修长最放肆的一只，仿佛带着矫健的身姿，试图追上他，就地牢牢钳住他。它径直穿过小路，像章鱼的触手一样在地面悄悄滑行，灵巧地向他逼近。他赶紧抽出腿站到阴影以外的地方，仿佛这阴影是一种有智能的邪恶生物似的。他表情冷漠，用怀疑的眼神打量着地面的黑影，看着它无奈地翻卷着，就像一条蛇在进攻落空之后那般沮丧。

夜幕低垂。那一抹小小的黑影在地面延伸开来。黑夜降临，恐惧的时刻来了，敌人来了。

他想逃离这里，想回到四壁环绕的屋内，点亮灯，紧闭房门。黑暗中什么都看不见，他颤抖着站起身，沿着蜿蜒的小径走出去。他缓缓地迈着步子，而只有这外在的皮囊才表明他是个成年人，他的内心不过就是一个迷路的小孩，正穿越一片可怕的妖精的森林，只不过，他没有双手合十地祷告，而是点燃了一支香烟来壮胆。

阴霾消散

他一点儿都不想糊弄弗吉尼娅。他想对她说实话,有几次差点就要说出口了,可是每一次都把话咽了回去。他一点儿也不想把这些破事儿告诉她,尤其这种危险还是不清不楚的。三年来,她的烦恼已经够多了。坐在餐桌这头,他依然能看到那些烦恼在她身上留下的痕迹。她的眼神是那么忧伤,而且她再也不像过去他离开前那么开怀大笑了。一个人经历了那样的事情,不可能依然完好无损。

所以,他还是没有告诉她。就让她享受平静吧,趁她还有这份平静。

忽然，不知道哪里闪过一道光，照亮了他身旁的银质餐具和食物，莫名其妙地，他突然意识到一种新的危险，之前他压根儿没想到，直到刚才这一刻才发现。他的姓名、家庭地址，还有其他一切相关信息，都在他上班的地方记录在案，哪怕最不经意的询问，也能问出这些信息。

他坐在公园里打发无聊的时候，完全没有想到这一点。他就像一只鸵鸟，把头埋在沙子里，尾巴还在风中招摇。

接下来的事是躲不过了。就在今天，灰玛瑙眼男人已经找到了他上班的大楼，到了明天，他就会摸到确切的那一层楼，然后找到那层楼上办公室的确切位置。一旦他找到了，他就可以轻易地问出汤森的住址。这场追踪就会突然越过汤森设置的安全距离，直逼汤森的家门。而到了家里，他几乎无路可退，家里有弗吉尼娅，他的根牢牢地扎在这里了。

汤森只是将这注定发生的事情推迟了一点，最多也就是一两天而已。

也许他现在还有时间。在恐惧面前，时间，是所有担惊受怕者的朋友。也许他还能让同事们保密，不要对那人透露他的地址。

要是他能马上联系到同事，把这事儿了结，让他做什么都愿意。那样的话，他就能更安稳地上床睡觉了。而现在，他的内心只会焦灼不安，那追踪者不知现在何处，正马不停蹄地逼近他，整整一夜，他不过只是躺在一种虚假的安全中。汤森只能等到第二天早晨联系同事，因为下午六点过后办公室里就没有人了。要是他早点想到这一点就好了，他就能联系他们，可整个下午，他都坐在公园里发呆。他来回地踱着步，好像这样就可以快点熬过今晚，就像地毯因为反复踩踏被磨掉一样。可是跟他耐心地在椅子里坐着相比，这样焦灼地走来走去并不会让漫漫长夜过得快一点，而且，他看到，他那么烦躁，只会让弗吉尼娅也不安宁了。

不过还有一线希望：今天晚上，要是他都不能联系上同事帮自己一把，那他的死对头也肯定联系不到他们，问不出任何他的信息。

第二天早晨，他睁开眼，昨晚的念头第一个浮出脑海，仿佛暗室的门打开，一道光线闯入："快给他们打电话，在那人找到他们之前，快！"

他迫不及待地一口气喝完咖啡，夺过帽子就出门。

"你今天可不会迟到呀。"弗吉尼娅试着安慰他，"今天比平时还早了五到十分钟呢。"

他扭头对她说了半真半假的话。"我知道，可今天我要先打一个电话！"

他在楼下的街角打了个电话，不过，让人哭笑不得的是，他第一个电话打得太早了，办公室里还没有人应答。

他站在电话机旁，心怦怦直跳，手指不安地敲打着，接着，他又一次拨动电话转盘，这一次，耳边响起了接线员姑娘熟悉的话音。

她的语气有一点僵硬，不是她态度的问题，而是接电话时的姿势不对，如果能看到当时的情形就知道了。听上去好像她还没来得及摘掉帽子，就从外面隔着栏杆俯身接了总机电话，而不是舒服地坐在电话面前。

"喂，贝弗莉，是你吗？我是弗兰克·汤森。"

她的语气马上缓和下来了，变成了同事之间的那种亲切交谈。"嗨，你好啊，弗兰克，昨天你怎么了，我看到你不在，但愿你没生病。"

"我以后不会来上班了，贝芙。"他说道。

"哦，弗兰克，太可惜了，"她惋惜地说，"我们都会想你的。老板知道吗？"

"我会给他写信的。"他随即编了一句。

"好吧，祝你好运，弗兰克。以后你要是路过这儿，进来打个招呼吧。你知道我们都很高兴见到你。"

他说："对了，贝弗莉，我想请你帮个忙，可以吗？"

"当然可以了，弗兰克。"

"拜托你了，在任何时候，都不要把我家的住址告诉别人。我的意思是，要是有人来问的话，当然，也可能没有人来问……"他又加上这句，显得更合情合理一些，"但是万一有人问的话，你就说你不知道我住在哪里，也没有任何信息记录，好吗？"

她一点儿也没觉得奇怪，就答道："好的，弗兰克。你就放心吧。我会告诉格特的，而且，这里只有我俩才知道怎么在文件里查地址呢。等一下，为保险起见，我还是记下来。"她一边说一边在纸上写着，汤森能听到她的话音有一些变化。"以后有人问起汤森的地址，谁都不要告诉。"

突然他觉得自己像被泼了一盆凉水。他不喜欢"以后"那个字眼儿。"有没有人已经来问过了呢？"他握紧听筒问道。

她完全不知道自己的回答对汤森来讲就是大难临头，她高兴地说："对了，昨天下午，就在快下班的时候有人来问过，但是我保证从现在开始……"

听到这话，整个世界，连同电话亭，一下子全都坠入黑暗，就好像一列火车驶入了隧道。

她接着说道："等一下，格特来了，我问问她。昨天是她答复那人的。"电话里传来小声的说话声，然后她的声音又回来了，"他是在下班的时候来的，我们都准备回家了，而且她也来不及去查资料，你知道，五点钟后就下班了。所以，她只是凭记忆告诉了他地址，也不知道说对了没有。"

这话仿佛一束银色的光线，刺穿了笼罩着他的沉重阴影，尽管这束光非常纤细、微弱，却仍旧刺穿了黑暗。"问问她，记不记得当时怎么回答的。"

他听到电话那头传来咔嗒咔嗒的声音，像是在一边的格特把脑袋凑了过来，电话那头传来笑声："她现在都记不太清了呢，你知道，格特就是这样子。"

"哦,那你查一下地址,问问她,这是不是她对那人说的地址。"

"稍等,我找找,"她说,"就在这儿的哪个地方。"显然,她找了好长时间,同样也让他等了那么久。

一会儿,她回来了,说:"我找到了,弗兰克。地址是拉瑟福德北街 820 号,对吗?"

这是他过去的地址。弗吉尼娅在他失踪那段时间里已经搬走了。由于工作上的疏忽,他再次回来上班时,他们并没有更新地址。那么,他依然是安全的,跟踪者还找不到他。他全身突然感到一阵舒畅。

就在这时,电话那头传来一阵兴奋的尖叫声,两个姑娘对比了地址,她说道:"这根本就不是她告诉那人的地址!她把汤姆·尤因的地址和你的弄混淆了,把汤姆的地址给他了……他去了那儿肯定要气死!对了,他到底是谁呀?"

他老老实实地说:"我也不知道。"

"我们记录的地址对吗,弗兰克?"她好心地继续道,"因为他们周六可能会给你寄张支票,这半周的薪水,你肯定不想他们寄丢的。"

"对的,"他坚定地说,"地址没错。"他会顺道去以前的地址去取支票的。弗罗姆太太会把支票收好转交给他。

挂上电话,汤森感觉自在多了,自从他遇到这个可怕的陌生人以来,他头一回感到这么轻松。

第一次，松开的鞋带救了他，第二次是一包香烟，第三次，一个嚼口香糖的傻乎乎的接线女孩给他解了围。

他又来到了公园，坐在另一张长椅上，另一条小路边。周围依然是阳光照耀下的一片宁静的景色。他什么也没做，只是凝望着四周的树林上空，远方是密密麻麻的高楼的天际线，可是这些景象让他的安全感突然大打折扣。他只在公园小小的绿荫中享有些许的自在，在那些高楼之间不知名的地方，依然潜伏着危险。

他摘下帽子，不耐烦地拍打着小腿，好像有小虫在叮咬似的。"危险！我总是在说危险！到底是什么危险呢？哪儿来的危险？我做了什么把自己害成这样？"

接着，理所当然地，答案立刻浮现，无疑这也是他目前困境的症结所在："三年时间很长，在三年里，你可能做了很多事情，招来了这些麻烦。"他知道，他的潜意识，他最内在的本能，不管怎么称呼，在这件事情上，都比他的理智那一套逻辑可靠得多。他并不是肤浅的害怕，他是遇到了让人望而生畏、唯恐避之不及的危险。

他的脑子没法识别那是什么危险。对了，他的大脑已经处于休眠状态有三年了，可是他的潜意识正在极力向他发出警报。唯一可惜的是，潜意识无法诉诸语言和文字，所以没法告诉他那是什么。

是的，汤森忧心忡忡地想，在这个公园外面，这个城市的某个地方，有一个人，一门心思地想抓到我。他是谁？他一条街一条街地找我，不放过每一个角落，他抓紧每一分钟、每一个小时。我多少还算是一个固定的目标，他一直不停地追踪，肯定会找到我的。

那么，为什么不去别的城市呢？为什么只是搬个家，而危险却依然存在，为什么不彻底搬离这里呢？

他们没法搬走。在他们这个年纪，有太多原因没法迁到别的地方去了。他们的积蓄并不多，根本承受不起这样的大动干戈。

而且，就算他们顺利地迁到其他城市，他依然没有摆脱这样的厄运，只不过是推迟了危险的降临。厄运一直就潜伏在此，伺机猛扑。而且，他一旦远离，就再也回不来，最终有一天，厄运会从这里一路追踪他，抵达他落脚的新的城市。

他唯一能做的就是当场战胜厄运，可是你怎么去打败一个你压根儿不知道的东西？他的思考兜了一大圈，又回到了原点。

第二周的星期六，去旧公寓取薪水支票的时候，他看到，他们的旧公寓还没有租出去。那些空荡荡的房间里一定还游荡着他和弗吉尼娅过去欢乐的身影，他们在这里度过了那么多的时光。

他按了按门铃，站在公寓门口的街道上，等着弗罗姆太太从下面出来。可是，出来的却是另一个女人，她一脸疑惑地看着他。"是你按的门铃吗？"她问。

"是的，可是我要找弗罗姆太太，她不在吗？"

"她已经不在这里上班了。"

他一时半会儿还没意识到她的回答意味着什么，然后，他突然回过神来，这就是说，他最后都不用说一个字，不动一根指头，就彻底安全了！这名新来的看门女工，管她是谁呢，她都不知道汤森的新地址，就算她有那个心，也没法把他的地址告诉别人。

他感到极大的宽慰。他再也不用继续险象环生的逃亡了，他现在摆脱了被追踪的命运，那人彻底找不到他了。摆脱了不幸，好极了。

他踏上了回家的路，口袋里放着薪水支票，步伐中自有一种轻松，自从恐惧的阴云降临，他就再也没这么放松过。他再也不怕了，又充满了自信，甚至哼起了小曲。然后，他又放开嗓子吹起了口哨。他在这段空白的时光以前从来就没有吹过口哨，他甚至都不知道任何新的曲调，他只能吹一首老歌，可是这都不重要，重要的是，他的感觉好极了。

一名穿灰西装戴灰帽子的男子，帽檐低低地压在双眼上方，几乎与汤森擦身而过，都没有引起汤森丝毫的警觉。汤森昂首挺胸，吹起口哨继续走着。

他从一个小小的烘焙店橱窗外走过，店里一只盛满奶油泡芙的托盘一下子映入眼帘。弗吉尼娅总是抵挡不了奶油泡芙的诱惑。他现在心情好极了，就进去买了两个，准备带回家给她。一个人要是买奶油泡芙之类的东西，一定是在心情特别好的时候，因为

39

它们往往伴随着轻松愉快的心情。

也许,现在一切都过去了。也许,他终于从被追踪的阴影中彻底走出来了,他自由了。也许,从现在开始,在阳光下,他安全了。

从此,远离了不幸。

恶性循环

他可花了一番心思，才能瞒过弗吉尼娅他已经辞掉工作的事实。这张支票并不是一整周的薪水，所以他必须从自己微薄的存款中取一点出来，凑满总数。

当然，这个办法只能用一回，下一次，他不仅没有那么多钱，而且下周全部的薪水他都得想法找什么来顶替。不过，星期一的时候他可以去找工作，可能到下周末，就能用一份名副其实的薪水支票来顶替这张支票了。

星期一的时候他去找工作了，星期二也是，星期三、星期四、星期五，每天都去。他找工作的门路跟别的求职者很不一样。他找工作看的不是薪水，甚至也不看是否跟他的工作经验相关。他看的是公司的地理位置，凡是在危险区域的公司他就不去了，跟他之前工作地方太近的，需要搭乘同一辆公交车往返的，他也放弃了。他标出那些距离遥远而且方向相反的地方，就算要穿过肮脏的工业区，他也欣然前往。

他发觉自己陷入了一种恶性循环。求职需要推荐人，但是他不愿意把上一个单位牵扯进来，如果那样，他就又可能给追踪者提供了新单位的线索。

他本来可以请之前的老板给他写推荐信，可是他不敢。

由于没有可靠的证明，有几份工作就这么从他指缝里溜掉了，接着就快到周末了，他必须面对现实，把整个事情对弗吉尼娅和盘托出。他一直对她闭口不谈的烦恼，必须告诉她了。

星期六是他发薪水的日子，他回到家，准备跟她坦白，却看到她的脸色不对，她一定是遇到什么烦心事了。他还没来得说一句话，她就马上问道："弗兰克，你这周的薪水支票到了吗？你出去的时候看到信箱里有吗？"

"没有啊。"

"那一定是寄丢了，出什么事儿了！"她着急地说，"我们的旧公寓那里也没有。我去那儿找过……"

听到这话，他浑身的每一块肌肉都绷紧了。"你去了那里？"

"今天早上，我在书桌抽屉里发现了一个信封，拿起来一看，是上周薪水支票的信封，我正打算扔掉，却看到上面清清楚楚地印着我们过去的地址！你压根儿就没跟我说你去了那里取支票呀。好吧，那我就跑一趟，怕是他们又寄到以前的地址了，该寄到新地址来的……"她忽然看到了他脸上的表情，便打住了话头。

"你把我们这里的地址给了那个女人，那个新来的门房？"

"嗯，对呀，我把姓名和地址写在一张纸上给她了，这样她就保证不会忘掉了。"

远离不幸，他思忖着，远离不幸。

回到起点

  他没法睡好觉。尽管他的脑袋一沾到枕头很快就睡着了,但睡得并不深,还做了一个噩梦。虽然梦里没有什么扭曲的情节,没有可怕的怪物,连完整的人物形象都没有,却令他精疲力竭。事实上,这个梦里什么都没有,只有一双脚和一条仅容得下那双脚的狭窄的人行道。

  那双脚正朝他走来,逼近他,进入梦里他的视野中,脚下的人行道则往后退去,就像跑步机一样。在梦中,仿佛他一直在后退,逃离那双脚,而后者却不依不饶地追上来。

  那双脚一直在追赶他,逼近他,不偏不倚地瞄准了他。

那双质朴而又醒目的穿着黑皮鞋的脚，压根儿就没有跑起来，而是一直迈着均匀的步子，坚定不移地往前走着，可是，这沉静而又永不止息的脚步，比所有噩梦中的食人魔、怪物、恐怖威胁、蒙面歹徒等等加起来都还要令人毛骨悚然。

这双脚，以及脚下传送带一般的人行道，全都那么自然，跟真的一样。脚上的鞋是厚重的黑色粗革皮鞋，不知为何，单是这沉重且持续不断的脚步就让人感到一种威胁。他甚至能瞥到，鞋面上的反光随着双脚的抬起落下，也有规律地抬起落下。他甚至还能听到每走一步时鞋子发出的轻微声响——不是那种尖锐的吱嘎响声——而是连续不断落在人行道上的有弹性的噔噔声，带着这种节奏——噔噔、噔噔噔、噔。这是夜晚时分，街道上万籁俱寂，远处有人朝你走来时你听到的那种声音。

鞋面上方就是裤腿，是一种很难识别的中性色，大概是灰色。裤子的画面很自然地被放大了，不是尺寸，而是凸显了细节，就好像在放大镜下看这个梦境一样。裤子是羊毛质地的，随着鞋子的起起落落和膝盖的弯曲，裤脚的翻边也一上一下地起伏着。

可最打眼的还是这双脚，从不迟疑，从不错踏一步，就好像它们知道无须匆忙，任何人、任何事都逃不过它们孜孜不倦、坚持不懈的追踪。

渐渐地，这双脚不知不觉地逼近了梦中人，越来越近，越来越近，已经逃不出视野了。现在，无路可逃了。要侧身给这双脚让路是不可能的，梦里他在穿过一条隧道，梦中人朝哪儿走，那双鞋也朝哪儿走，就好像二者都在同一个方位仪上。鞋底与路面碰触，开合之间，仿佛一张饥饿的大嘴正在吃东西，令人胆战心惊地逼近他，仿佛要抓住他，把他咬得粉碎。他不断后退，完全吓呆了。

就在这双鞋最终穿过隧道追上他的那一刻，整个画面突然变成无比强烈的光，他从梦中醒来了。

慢慢清醒过来的时候，他明白了这不祥的画面是从哪里来的了，这就是那天他看到的，擦鞋摊鞋蹬上的一双脚。那个画面肯定是那时就沉入了他的潜意识，又最终在今晚的梦中浮现。他听说这种情况很常见，那些印象深刻的事物并不一定马上就会梦到，有时候要好几天，甚至几周后才在梦中出现。至于这双不依不饶地追着他的脚，在现实中就已经出现过了，一直以来不就是这样不停地追踪他吗？

又或者，这梦是一种预言？说明跟踪者此时此刻就在外面的街道上，整个晚上都在寻找他，当他无助地蜷缩在床上的时候，外面那双大脚正一步步地向他走来，逼近他？

他划了一根火柴点烟，那一瞬间，躺在对面床上的弗吉尼娅的脸被火光照亮了，映出一张淡淡的椭圆形的褐色脸庞，然后又暗淡下去了。黑暗中，她轻柔而均匀的呼吸声传到他耳边。感谢上帝，我俩当中还有一个人能睡得安稳，他懊恼地想。过去的三年，她肯定饱受失眠之苦，而他呢，他是在哪儿入眠，做着什么样的让他烦恼的梦？现在，轮到他失眠，她安然入睡了。

夜空中，一颗明亮的星星仿佛闪着不友好的光，带着几分讥诮，从窗外俯瞰着他。

他灭掉烟，又躺下来，翻了个身。他睡不着了，那个梦让他睡意全无。他不停地翻来覆去，怎么也睡不着了。

他现在又想抽支烟，起来走走。他坐起来，摸索着穿上拖鞋。他没有睡袍，所以就穿上了裤子，摸黑走到了门口，悄无声息地打开门出去，又从外面把门关上了。

他在另一个房间里点亮灯，这样就不会撞到什么吵醒弗吉尼娅了，然后，他在房间里来回地走来走去。

这样的日子什么时候是个头啊？他问自己。我该怎么办？我迟早得做点什么吧，不能就……

他在窗边停下脚步，看着外面。

突然，嘴里的烟跌落下来。

他迅速溜到墙边，关掉灯，又贴着墙，蹑手蹑脚地走到窗口，朝外望去。

正对面似乎站着一个人，不偏不倚地对准了这一排窗户。他站在一面墙的凹陷处，那里一团漆黑，然而黑影中似乎可以看到一个浑圆的肩膀的轮廓，再下面像是髋部，但这也许是个错觉。

汤森正凝视着外面，努力分辨那是什么，那个影子就稍稍动了一下，不再是先前那个样子。那副浑圆的肩膀以及臀部的线条都悄悄地缩了回去，完全隐匿在一片黑暗中，只剩下一条原本就笔直的墙体的轮廓线。

这就对了，影子的消失，恰好证明的确有个人在那儿，如果只是错觉，那影子就不会动了。

汤森得赶紧离开这里，马上就走。最后的藏身之处也暴露了。跟踪他的人现在就来了，就在外面，再过十五分钟，或者半个小时，他就要被拿住了。

他蹑手蹑脚地走到门口，听着门外的动静。外面传来低低的说话声，仿佛一个多情男子正在门廊下依依不舍地跟恋人告别。可汤森知道，那里没有多情男子，也没有缠绵的情话，那说话声代表着暴力、仇恨，甚至可能是死亡。跟踪者不是一个人来的，还有其他人。他们已经包围了这里，安排好一切，准备着随时破门而入。

他转过身，望着卧室门口，那里有他最爱的人。"我得带她离开这儿，"他心烦意乱地想，"我不想她卷进来。不管发生什么事，我都不希望让她看到。"

他走进黑暗的卧室，俯下身，摸到她柔弱的肩膀，轻轻按了按，怕惊吓到她了，然后他又急切地摇摇她的肩膀，最后她醒来了。

"弗吉尼娅，能听到我说话吗？别怕。"

她坐起来，头发里温和的香水味弥漫在他周围。

"你得离开这儿，我要你马上跟我走。别，别开灯，他们从后窗能看到我俩。"

现在她站起身,在他身边就像一道柔软的影子。"他们?他们是谁?"

"穿上外套。快,我给你拿来了。快穿上鞋,没有时间了……"

"别,"她哀怨地说,"你吓着我了。"

他摸索着亲了她一下,给她打气。"你爱我吗?"

"你怎么这样问?"她吓坏了,低声问。

"那你能不能相信我,什么都别问,只是跟我走就行了?我心里也没有数,我只知道现在这么做是对的,准备好了吗?走吧!"

他又走到了门口,她跟在后面,头发乱糟糟的,睡意朦胧的脸缩在竖起的狐狸毛衣领里。

屋外静得出奇,就像一个一触即破的气球。

"我觉得我们可能来不及了……"他自言自语道。

忽然,门上一声巨响,有人从外面撞门,试图强行闯入,手段极其暴烈,比拳头砸门猛烈多了。仿佛有一枚空弹从他们鼻子底下飞过,门似乎要炸开了。就像引发了一场地震,天花板上的灯不停地颤抖,这震动一直从地面沿着桌腿传上来,震得桌上的瓷器也发出刺耳的磕碰声。在这疯狂之夜,就在自家门口,大难临头了。这回死定了。

可是太晚了。她已经被卷进来了,她会眼睁睁看着那可怕的一切,那些他不忍让心爱之人面对的一切。

她吓坏了，紧紧地靠着他。突然，她倒吸一口气，哮喘似的说："谁……那是谁？"

"就是我不想让你看到的那些人。"他辛酸地说。

门外的暴怒也点燃了他内心的怒火，他抄起一把椅子举过头顶，做好还击的姿势。他的脸上一副因愤怒而扭曲的样子。"他们敢这样对你？那就来吧……"

她一把拽住他的胳膊，连同椅子一起拽下来。"别，弗兰克！别这样，就算是为了我，弗兰克！"他看着她纠结的表情，满脸的泪水，顿时明白了，比起外面那伙人，他的怒火更让她害怕。

看到她吓成那样，他妥协了，他现在唯一关心的就是她的安全，其他的都见鬼去吧。

他一只胳膊搂着她的肩，护着她，把她从门口拉回来，他俩似搂非搂地靠着，就像一对笨拙的舞者，这里探探，那里走走，想找出一条出路，可根本就无路可走了。他们往前迈了三步，走近已经封死的前窗，只能无奈地原路返回；朝卧室窗口走去，那里可以俯瞰后院，外面的脚步声越来越逼近他们，他们又原路折回。墙壁的回音让这脚步声听上去越发大声了。

"一定有办法，一定有的！"他痛苦的表情像是在为她哭，可他并没有哭出来。

他们又朝厨房走了三步，然后他继续往前，只走错了一步，最后他终于来到了厨房。他打开墙上一个橱柜门似的木制长方形的门，里面是送菜升降机。"你以前不是说过我们这栋楼和隔壁那栋共用一个地下室吗？我也许可以让你从这边下去，从隔壁那栋房子离开。"

她死死握着他的手，表情里既有鼓励，又充满希望。

他猛地拆下一个架子，这架子并没有固定在地上，只是嵌在两个支架上。"试试看你能不能挤进去，我会抓住绳子，这样你就不会下降得太快。"

她挤进去，缩成一团，头正好顶到了升降机顶部。他将升降绳在手上绕了半圈，以防她下降得太快。她在升降机里晃来晃去，脖子缩在狐狸毛领里，那样子很滑稽。

"弗兰克，你待会就下来吗？你不会待在这里吧？"

"马上就来，你落地后就来。在那儿等着我。"他不知道是否还来得及让升降机再来一轮。房间的门板开裂了，合页上的钉子吱吱作响，在走廊外面，他们肯定用斧子在砍门。

"亲爱的，头缩回去一点，这样就不会撞到墙上了。"

滑轮呼呼地转动起来，他握紧绳子控制升降机的速度。这情景就像是在活埋她，真可怕，她的脸看不见了。幸好距离很短，升降机降到最下面了，他极尽所能地控制好升降机。他俯身看看下面，浑身都僵硬了，生怕她没能安全出来。下面没有灯光，但是绳子晃动了一下，他知道，她已经出来了。他迅速把升降机拉上来，笨拙地爬进去，屁股先坐进去，抓牢了升降绳。他一路颠簸着，几乎是直线跌落。与此同时，大门被砸开了，那一声巨响与他跌落地面的撞击声合在一起，淹没了他落地时的巨响。他砰的一声落地，震得牙齿和臀部都生疼生疼。

她站在那儿，为他打开升降机的门。他跌跌撞撞，手脚并用地爬了出来，升降机底部距离地面有两三英尺高，他跳了下来。

他擦了几根火柴，照亮黑漆漆的地下室。他踢到了一个废弃的婴儿车，不过婴儿车滚到了一边，没有绊倒他。过了一会儿，堆在角落里的一堆煤滑下来，狠狠地砸到了他的脚指头上。

从他们头顶上方传来了急匆匆的脚步声，从脚步声来判断，至少有六个人，那些人一个房间一个房间地搜查，房间地板很薄，听上去脚步声很沉重，带着一种诡异而虚幻的感觉。

"他们会找来的，"他难过地低声道，"你的床还是暖的，他们马上就要下来了。快点，亲爱的，快！"

"到底怎么了，弗兰克，这是怎么回事？"她哀怨地问道，仍旧非常不安。

他们找到了通往旁边那栋楼的防火门，防火门用一个门闩锁着，幸运的是，门闩是在他们这一边。他打开门，迎面就是几级水泥台阶。他在前面小心翼翼地走着，一路蜿蜒而上。他们头顶上不知道哪里有一盏夜灯。看门人住在另一栋楼里，也就是他们自己那栋楼，所以，这里没有人看到他们。出于节约的考虑，两栋楼共用一个锅炉、一个火炉和地下室。现在，正是由于那个不知名的承包商的吝啬或者拮据，让他们获得了逃生的机会。

楼梯最上方还有一道门，他将门稍稍推开一点，仔细听着外面走廊上和楼梯上的动静。外面静悄悄的，追踪的人还没到这栋楼上来。他俩就像两个幽灵一样一起冒出来，小心翼翼地手牵着手——一男一女，女人吓坏了，光着双腿，缩在一件狐狸毛镶边的大衣里。

路口有一盏低功率的壁灯亮着。他抽出手，让弗吉尼娅待在原地，自己则悄悄溜过去，两根手指伸进壁灯丝网罩，把灯拧灭了，他们又一次置身于安全的黑暗中了。相比之下，街道显得更明亮了。他在黑暗中示意她过来，在街道光线的映衬下，她一定看到了他在挥手，就过来了。

"你先走，你一个人走比跟我在一起安全。他们不知道你长什么样，不要回头看我们的家，也别看这里。你就尽管往前走，走到街角，其他的就别管了。"

他用胳膊护着她，她往前迈了一步，走出最外面的防风门，他探头看看，不过似乎这会儿街上空荡荡的，他们自家的房门口也没有人，并没有发现什么不对的迹象。他轻轻推了她一把，就像大人教小孩自己走路一样的。

"走吧，亲爱的，走，听我的，快点，再等一会儿就可能来不及了……"

她伤心地抽泣着，乖乖地走了。然后，他就一个人站在那儿，她走了，鞋子在人行道上发出细小的笃笃声。那安静而又急匆匆的脚步声正是一名体面女子独自夜行街头时所有的样子，仅此而已。

他在她身后远远地驻留，她独自一人比别人看到他跟着要安全多了。现在，她离街角已经走过一半了，没有人急匆匆地尾随她，停下来盘问她，也没有人发现什么而大声喊叫。

不过，他不能再待在这儿了，他们随时都可能发现他是怎么逃跑的，奇怪的是他们居然现在还没找到，而那是唯一一条逃出公寓的通道。

他吸了一口气，做出一个重大决定，他侧身从门里出来，来到空旷的街上。有那么一会儿，他转身之前，还能清晰地看到，自家公寓的灯光投射在人行道上形成了一个暗淡的椭圆形影子。然后，他脸转向一边，朝着她走的方向迈开步子前行。他心里充满恐惧，挺直的背部显得很不自然，他还得克制住扭头往后看的冲动。不过，街道上非常黑，而且只走了几步，他就走得够远，别人也辨认不出来了。前面有一盏路灯，不过在路的另一边，灯光并没有打在他的身上，他依然置身暗处。

在街角处，拐弯之前，他还是忍不住回头看了一眼。一直以来，那里就是他们的家，可现在却突然遭到了攻击。即使隔了这么远，他依然能辨认出那个发白的影子就是他们亮着灯的前窗。那些窗户几乎是这个时候唯一亮灯的，不过此时此刻，周围邻居被噪音吵醒，一盏盏灯亮了起来。

他拐过街角，这一刻，现在成为了过去，而过去又在当下浮现了。

弗吉尼娅在街角附近找到了一辆出租车，司机不在，她蜷缩在车里等他。旁边一个方窗亮着灯，是一个通宵营业的饭店。

他从街对面走过来，走到车子跟前，远离饭店的那一侧。她早就把车门打开，希望他能进来跟她坐在一起，可是他从外面把门关上了。

"不，弗吉尼娅，我不能跟你一起走。亲爱的，你出城回你母亲家吧。就在那儿等我的消息，我要知道哪里可以找到你。不管发生什么，我都要知道你是安全的。在那儿他们还找不到你。你是弗吉尼娅·汤森太太，你的丈夫三年前就失踪了，从此以后你再也没见过他。为了你的安全，无论如何不要跟我联系，别找我。有一天我会去找你的。不管你听到什么，不管结果是什么，先别管我了，就像你以前一样。"

她双手攥住他的手腕。"不！让我跟你一起走！弗兰克，我不怕，我不是胆小鬼！否则，做妻子还有什么意义，为什么还要结婚？"

他温柔又坚决地松开她的手，说："亲爱的，男人落难的时候，是不会把心爱的人也拖下水的。再见了，要是你爱我的话，就照我说的去做吧。"

他们隔着放下来的车窗激吻，一滴眼泪顺着她的睫毛滴落，划过他的脸颊。最终，他硬生生地挣脱了她，说："我走了，等你看不见我了，就按喇叭叫司机。再见了，亲爱的。"

　　他转身离开，消逝在夜色中，但他的心有一半落在了这里。几分钟后，身后传来一两声出租车急切的鸣笛声。那个声音他一天里听了上百次，从来不会去留意它，而现在，他从未料到出租车的鸣笛声竟让人如此心碎。

　　他回头看了一眼，那个渐行渐远的红色车尾灯似乎就是他的婚姻残存的全部痕迹了。

　　直到这时，他才发现自己是如此深爱弗吉尼娅，而现在，他又失去她了。他再一次回头，再也看不到那个车尾灯了。此时此刻，茫茫黑夜中，只有他独自一人，并且再次陷入过去。

　　他继续往前走，快步穿过一个个十字路口，他就像踩着铁轨枕木一样踩着斑马线快步走，走了很远觉得安全了，就那么一小会儿，他还掏出一支烟，放到嘴边，仍然大步走着。忽然，他看到前方，马上又把还没点燃的烟扔掉了。

　　一个警察慢悠悠地走过来，好奇地打量着路过的人。

　　现在，他和这名警察就要迎面撞上了，他绝不能犹豫不前，绝不能止不住地发抖。警察越来越近，越来越近了。

　　两人的目光相遇，他听到自己冷不丁地冒了一句："天真冷啊，哈？"

对方已经走过去了，回了一句："是啊，可不是闹着玩儿的。"

警察走远了，仿佛一个多疑的火药桶从汤森身边经过，所幸没有点燃，可是，任何可疑的火星，比如他突然加快步伐，突然回头看等等，都会引爆炸药。

他迈开步子走在夜色中，不停地走，走到天色渐渐变亮，终于，他逐渐想清楚了接下来要采取什么行动。既然当下意味着危险，那么，他就一定要回到过去，查个水落石出。他要回到把这一切强加给他的过去，让过去清算并撤销这一切，要么，就让自己被过去吞噬——要是他能回到过去的话。

到现在为止，通往过去的就只有一道小小的裂缝，像童话中魔法花园的秘密通道一样，他只有一条街，提拉里街。不过，要是他能从这里回到过去的话，他就能让过去的疆域不断扩展，扩展到整个世界，他的全部世界。

提拉里街。提拉里街。一块屋顶掉下来把他砸晕了，过去来到了当下，就在提拉里街。

那条街在什么地方，是什么样子，对他来说毫无意义。通往过去的路只在人的心里，在其他人的心里，就像灯塔的光穿越迷雾，照亮他的内心。

他能在提拉里街上找到通往过去的路吗？他那天是从一地赶往另一地时无意间经过提拉里街吗？那个地方是否和今天一样，对他来说，并无任何特别的意义？或者，他常常出没于此？还是他就住在那里或者附近，或者那条街就是他生活中的一部分？只有一个办法能找到答案。回到那里，像个幽灵似的在那里出没，寻觅，直到找出答案。

夜色渐褪，天光更亮了，感觉更冷了。孤寂的风跟他一样，似乎在搜寻着什么，吹过还未醒来的城市，整个城市笼罩在泛着金属光泽的迷蒙的蓝色薄雾中。他将脖子后的衣领竖起来，朝提拉里街走去，朝他的昨天走去。

这条街上一定有人认识他，那他就每天沿着这条街走，一个小时又一个小时，从一头到另一头，一遍又一遍，终究会有那么一天，有个人会认出他，两眼放光地说"你好"，停下脚步跟他打招呼。

路口的街道名牌跟其他路牌一样，分别指向两个方向。太阳刚刚升起，阳光打在密密匝匝的屋顶上，落在路牌上，影影绰绰地照在这深蓝色的漆面和白色大写字母上，在明亮的日光中，路牌就像一盏微微泛红的醒目的聚光灯。

回到所来处，回到未知的地方。一个男人在寻找着另一个自己，被遗忘了的自己。

提拉里街
单行道

帷幕升起

一无所获

这个房间像一个幽灵,来自被掩埋已久的过去。"你要在这里住多久?"干瘪的看门老头问道。

要是汤森知道答案就好了,可他对自己的了解说不定还不如这个看门人呢。说不定一两个小时后,那伙人就赶来了,又或许他要在这里待上几天,或者几星期,哦不,待不了几个星期,除非他能在这附近找到工作。现在,他身上的西装口袋里只有八美元七十九美分,那群人破门而入时他就穿着这一身。

他说:"这得看你收我多少房租了。"

满脸皱纹的老头搓搓手,说道:"像这样的房间,四美元。"

他蛊惑似的眨眨眼，缓和一下气氛。

汤森一边朝门口走去，一边说："四美元太贵了。"

"唉，你瞧，这里能看到街景，每周都换干净床单，还有干净的自来水。"他走到一个生锈的爪钩似的龙头边上，费劲地拧开手柄，伴随着一阵隆隆声，管子里流出一股细细的红褐色水流。"一定是楼下的在用水，"他很知趣地关上龙头，可是水流持续流了好一会儿才停住。

"我给你两块五租这房间。"汤森一边说着，一边朝门外走去。

"租给你，租给你了。"那老头在他身后大声喊。

汤森又走回来，从仅有的积蓄中抽出两张一块钱，又添了一枚硬币，毫不客气地把这些钱迅速放到老头急切的手中，说道："钥匙给我。"

从未有人提过这个过分要求，汤森的新房东小声地嘟哝着："他还要钥匙，接下来又会要什么？"他从衣服口袋里掏出几把钥匙，最后找到了那把，将钥匙留在门上就走了。

现在只剩下汤森自己了，他走到朦胧的玻璃窗前，站在那儿，看着下面的街道。阳光从窗帘缝射进来，在他的袖子上留下一个明亮的 V 形光斑。下面就是他的新世界了。上楼前，他已经在他的新世界里走完了一遍，这个世界并不大，只有四条街。提拉里街一头连着蒙茅斯街，另一头连着德格拉斯街，两头都是死路。

街道上的人们就像成群结队地在沙堆上爬行的蚂蚁一样，黑压压的人流绕过堆放在街道两边的推车，那些推车几乎排成了一条不间断的直线。这条街上车辆很少，一方面是堆满了推车，一方面也是因为这条街实在太短了，也没真正通往什么地方。偶尔有汽车以龟速在这里艰难穿行，司机备受煎熬，一路上喇叭按个不停。

他想先休息一下再出去，昨晚他几乎就没有睡觉。现在，昨晚仿佛过去很久了，很遥远了。他松开领带，脱下外套搭在椅背上。

他躺在床上，打算只休息几分钟，可是不知不觉中，街道上的各种噪音经过窗玻璃的过滤，竟变成了愉快的催眠曲，一点儿也不尖利刺耳了。这些声音最后混合成了轻柔的和声，他在新世界中进入了第一次酣眠。

醒来的时候，已是下午三点了。他试着拧开角落里那个紧绷的水龙头，只见整条水管都尖叫着颤抖起来。他试了一次又一次，明白了房东先前说的这种情况，"楼下在用水"，其实不过是常态。不过，流了几分钟水之后，至少锈水终于没了，水龙头里的水变清亮，可以用了。

他在身后锁上门，倒不是为别的，只是习惯使然。走到门外，一阵饭菜的香味袭来，这本是午餐的香味，费了几个小时从楼下飘到了楼上，他这才发现自己肚子饿了。就算是幽灵，也得吃饭。

下楼的时候，他意识到，昨晚那种强烈的负罪感已经荡然无存，这可是个好兆头。如果 这是对过去的感觉——当然，不可能全都是，因为他还没有完全沉浸在过去中——这就说明，要么他蒙受了不白之冤,要么他就是一个冷酷无情的人。他依然有危机感,可这并不让他感到郁闷,相反,他还有几分兴奋,因为这带着点冒险的意味。也许是因为弗吉尼娅已经安全离开了,他卸下了身上的责任,现在只需要去弄清楚自己的命运了。

他从出租屋出来,走了有一个街区,快到德格拉斯街了。他走进一家小吃店,不过这家店看上去压根儿就没人愿意光顾。透过厨房门缝,他看到了一大堆垃圾桶。要是一天营业结束,有这么多垃圾要处理,那说明他们的生意肯定不错,就凭这一点,他决定在这里吃东西。当然,现在这个点儿店里一个客人也没有。提拉里街的人收入都不高,没有多少人会在两餐之间吃点小吃。

他坐到一只高脚凳上,一边盯着服务生的后脑勺看,一边琢磨着:"我以前来这里吃过吗?要是他仔细看看我,会不会认出我来?"

他摘下帽子,把脸露出来,又往前凑过去一两英寸,待服务生从亮晶晶的锅子上转过身来,就能清楚地看到他。可是服务生转过来,瞥了他一眼,什么反应都没有。服务生脑子里现在想的只是客人点的餐。可不管是什么,汤森突然意识到,他过去要是这里的常客的话,应该马上就被认出来,他也许以前来过这里,但也许只来过一两次,服务生每天会见到那么多人,所以想不起来。

最后,他问服务生:"你在这里干了多久?"

"几个星期了,先生。"他回答。

汤森觉得有点沮丧，第一次尝试失败了。

汤森坐在那儿，一边搅着沉到杯底的糖渣，一边在脑海里勾勒出他初步的行动计划。以后的每一顿饭，他都要去这条街上的各个饭店吃，用不了多久，他就能吃遍这里，因为提拉里街上的饭店总共才四五家。不管是店里的员工，还是其他客人，他都一定要试试，看他们能不能认出他来。这就是他的行动计划。

下一步是走进这四个街区上的各个店铺，看看店主是否认得他。他要找一些理由，比如问他们要一些不太可能有货的东西，如果他们有，就讨价还价拖时间，哪怕最后失望地离开，也要保证待的时间足够长，好确定他以前是否来过这里。

但这都是次要的，他仍然寄希望于街道上的偶遇，希望有人一下子就能认出他来。在饭店或是其他商店里，就算有人能认出他来，并不代表对他有所了解，也许他只光顾过那里一两次呢。他们不知道他的名字，不知道他住在哪儿，也不知道他有哪些朋友。

当然，他绝对不能放过任何机会，不管这机会看起来多么渺茫。即便是这种粗浅的相识，也好过没有，而这也许会是一个开始，让他与过去有所连接，再不会像现在这样，悬在真空中。

他回到了街上，重新戴上帽子，帽檐仰得高高的。他朝蒙茅斯街的方向走去，从这里过去有三个街区呢。他走得很慢，没精打采地拖着步子，周围的人，男男女女、大人小孩，谁都比他走得快。无论谁看到他，如果第一眼感到纳闷，都会有足够的时间细看，确定他到底是谁。

无论如何，要是在城里其他地方，他行进的速度会比现在快得多。要在拥挤的提拉里街上快速地前行，可是太考验人了。那些买东西的人、只看不买的人拥挤着，旁边的手推车已经将一侧狭窄的人行道完全塞满了。还有那些闲聊的、闲坐在门口的、趁着白天来商店逛的潜在顾客，又堵住了另一条人行道。两条人行道之间空出来一条弯弯曲曲的车行道。即便如此，也没人遵守什么右行规则，这个时候，似乎人人都按照自己最方便的路线走。唯一让人好受些的是，比起城里那些交通更顺畅的住宅区，这里的居民脾气似乎要好得多。要是碰到谁的胳膊肘，或者踩到谁的脚趾脚跟，都没人介意，不会招致愤怒的目光。当然，许是这个原因，他们也并不常常道歉，反倒是道歉会让人投以厌恶和不解的目光。

尽管他没有计算时间，但穿过这三个街区肯定花了他足足三十分钟，然后到了蒙茅斯街的那一头，他走到对面的人行道上，开始慢慢地往回走。

夕阳开始落山，天边一片绯红，人行道上开始亮出一些空地儿来，手推车里都空了。橱窗前的女人们，对着人群高声呼喊，叫孩子们回来。她们的呼唤仿佛有神秘的波长，总是能传到对的那个人耳朵里，收到对方的应答，就算有时不是顺从的声音，至少也有不听话的喊叫回应她们。

他再回到德格拉斯街那头时，街上已经没那么拥挤了，不过依然很多人，像这样一条贫民窟的街道，无论白天黑夜，永远都是热热闹闹的。他又穿过马路，朝住所走去，回到他花了两块五美元权且可称之为"他的"那个地方，他打算站在住所那一侧的街道上休息一下，原地不动碰碰运气。

经过长时间缓慢又不自然地行走，他已觉得筋疲力尽，一身是灰，而且这样走路总是比迈开步子走要难受得多。他今天第一次来回走在这条街上，的确吸引到了一些好奇的目光，但是他得承认这些人并没有马上就认出他来，他们大概只是为他不一样的着装和举止感到好奇罢了。即便昨晚一整夜他都在街道上游荡，精疲力竭，比起这里的居民，他依然还是穿得太体面了。这种感觉很难说清楚，跟衣服的剪裁和质地都无关。他观察了眼前来来往往的成年男子的穿着，试图做些力所能及的调整，不过他当下能做的，也只是一些细微的调整，重要的是看整体效果。他解开了背心，露出衬衣，就好像没穿背心似的。接下来，他又将领带扯得松一点，将衬衣从裤子里拉出来一些，他的西装看起来太皱了，不过过几日，就会自己变平整一点了。

天色已晚，提拉里街上亮起了灯光。街边楼上的许多窗户里闪烁着煤气灯绿幽幽的微光，街上的商铺和摊位上却有不少超大的玻璃灯泡发出炫目的亮光。剩下的几辆还在工作的推车上也亮起了汽油灯。街上一副节日的样子，要是你不仔细看，还觉得这有多么欢天喜地呢。

他站了一会儿，希望天黑后运气会比白天的时候好些。他站在那儿，就像一个乞儿渴求得到点施舍，只不过他渴求的是一点记忆，可是，这个世界似乎已经将他遗忘了。

最后，他转身离开，上楼回到自己的房间。他卷起百叶窗帘，即使身处高处，楼下的亮光也射进了他房间，在窗户对面的墙壁上留下一个窗户大小的四四方方的对折的影子，一半在墙上，一半在天花板上。他坐在床边，沮丧地坐在黑暗中。忽然，就像放电影时，胶片的接缝经过投影仪时迅速闪了一下，然后又恢复正常，汤森内心的坚毅一下子垮掉了，他猛地垂下头，埋到合拢的双臂之间。

接着，他又抬起了头，没有再埋下头。

在三十二岁的时候重头来过，绝非易事。尤其是在你能有所作为时一切已成定局，而且你并不知道自己还有多少时间。

街对面那个成天亮着的"最后一天"清仓甩卖的灯光熄灭了，他房间里的亮光也消失了，他本来可以在室内点亮煤气灯，不过他没什么好看的东西，也就不用点灯了。

他脱掉鞋子，躺下来，只穿着内衣，拉过跟麻布口袋一样粗糙的被罩盖在身上。提拉里街仿佛一张不真实的幻灯片，暗淡了下来，进入沉寂的睡眠中。

他在过去的第一天一无所获，心中仍旧茫然无措。

珐琅烟盒

第二天下午,汤森就遭到一个伤心的打击。那天下午三点,他沿着提拉里街走到第三圈了,街上的人流量达到了最高峰。从挤得水泄不通的道路来看,似乎整条街的人都出来了。他逆着人群走,就像一个逆流而上游泳的人,觉得非常累。忽然,他觉得有人从后面拍了他肩膀一下,听到一个粗哑的声音恳切地问道:"你今天还好吗?"

那时他正望着街对面,他飞快地扭过头一看,那个神秘的打招呼的人已经消失在人海中。他无法辨认走在他前面的人到底是谁拍了他的肩膀。没有人回头看看是否有人回应。从那只粗糙而友好的手以及话音的方向,他能判断出,那人跟他是朝同一方向走的,只不过比他走得快,因此那人现在走到了他前面,而不是还在他身后。这就是他唯一能确定的。可当时他太吃惊了,还没反应过来,没来得及回应,否则那人会更容易注意到他的。

这就是他一直期待一直渴望的机会,也许就这样从指缝里溜走了,再也不会回来了。他拼命地往前跑,抓着人家的袖子和衣襟,气喘吁吁地一个个问:"刚才是你吗?是你拍了我的肩膀吗?"

可是所有人都摇摇头,一脸的茫然不解。可刚才真的有人拍了他的肩膀,真的有人跟他打招呼啊!而且那人是很友好地,实实在在地拍了他一下。就在汤森沮丧得要发疯的时候,他抓住的第四个男人有点不好意思地说:"抱歉,我认错人了,我把你的背影弄错了。"说着,就把自己的袖子从汤森紧紧攥着的手里扯出来,走开了。

汤森呆呆地在原地站了一分钟,任凭身边人潮涌动,他突然感到如此失望,备受打击。

他刚来提拉里街的时候是周一,确切地说是周一的清晨。周二过去了,然后是周三、周四、周五、周六。最开始的几天他记得十分清楚,可是渐渐地,日子一天天变得模糊起来,他都不记得这些天是怎么过的,也许是因为他没有工作,也许是他每天都过得那么单调。直到这天,他正要出去,在下面的楼梯口碰到房东,他才知道自己已经在这里呆了整整一周,今天又是周一了。

他每天吃饭都不规律,也十分节省,待他准备付下周房租时,却发现口袋里只剩两块钱了。

他把那两块钱递给房东,说道:"今晚或者明天我会把剩下的五十美分给你。"实际这个时候他都不知道怎么凑到那些钱。

不过,那天半夜他回来的时候,的确凑到了钱。他把钱递给了房东。他去了刚来这里时第一次吃饭的那家餐厅,洗了一个下午和晚上的碗,由于两手在水里浸泡时间太长,手指通红,皮肤全起皱了。幸运的是,那家餐厅缺人手,他挣来的钱足够他再撑一两天了,但是他知道,只要有可能,这辈子他再也不想洗一个盘子了。接下来的几天,他都还能想起那难闻的油腻腻满是泡沫的洗碗水一直从他的手臂没过胳膊肘的感觉。

几天前他就已经完成了巡查商铺的计划。虽然他给店主们留下了一个游手好闲的糟糕印象,甚至可能被一些人看成小偷,以至于每次他从人家店门口经过时,那些人都给他一副臭脸看,但至少他明白了一点,这些人以前都没有见过他。

他有规律地沿街散步,天天如此,从一头走到另一头,再走回来,这肯定会让提拉里街上的不少居民对他熟悉起来,可这种熟悉是当下的,跟过去无关,为了避免二者混淆以及被人认错,他一副拒人于千里之外的样子,一开始就远离误会。

当然,收益递减法则最终会成为他的障碍,只要他在这里待的时间足够长,那么这种新鲜感就会变得熟悉起来,总有一天,他就再也无法辨认那种熟悉感是来自当下，还是那段遥远的过去，那段他想重新进入的过去。不过现在还没到时候。

现在，他时常忧心忡忡，夜里一个人待在空荡荡的房间里，望着街上的灯光在墙壁上打出一个窗户大小的影子，鬼魅似的闪烁着。一种挥之不去的失败感涌上心头，似乎他全部的努力都是徒劳的。

也许一开始他的调查方向就错了。那天，帷幕落下，掩盖了过去的那一天，也许他只是刚巧路过提拉里街，也许只是偶尔偏离路线走到这儿来，并无特别的意义。现在，他也许把一条错误的路线当成了日常的路线，这样一来，他怎能知道他当时是从哪里来，到哪里去呢？如果只偏离一两个街区，他继续查下去，也许还会有所收获，若非这样，横穿整个城市也不是没有可能。

就算他的方向是对的，提拉里街在他过去的人生中扮演了一个重要的角色，那又怎样呢？即便如此，他仍然只能凭运气和巧合，难道不是吗？而好运并不一定会眷顾他。比如说，假设那一两个原本可以给他启示的人已经离开这里了呢？要是他们已经不再待在这儿了，那这条街对他而言就没有任何意义，不过一条平淡无奇的街道而已。又或者，有一些人想找他，他们来过又离开了，那期间他正好不在。他们没有找到他，自然以为他已经离开提拉里街而且再也不会回来了。这样的话，他就算在这儿待到死，也无法对自己的神秘过去有一丝丝的了解了。

一天晚上,在不断失败带来的无望感中,他画了一张附近地区的草图,试着看看附近来往的线路里哪些会因为省时把提拉里街视为捷径或者最方便走的路线。可是没有用,这受到太多外部因素的影响,而他掌握的信息太少了。他得知道当初自己的习惯,当时自己在办什么事儿等等。可他对这些一无所知。就这条街而言,本身并无地理上的优势,似乎可以排除抄近道的可能。你沿着两边跟它平行的街道走,需要的时间都差不多。这条街的头尾都是死胡同,莫名其妙地开始,经过四个街区,又莫名其妙地结束。它甚至不是斜着或者横向连接两条不平行的道路,它穿过那些街道,形成一个个规规矩矩的方块。

几个小时的冥思苦想后,他把这张纸揉成一团扔掉了。追寻过去并非易事。这世上并没有一幅地图给你指明通往过去的路,同时,时间正在流逝。

尽管房租已经付了,可洗碗赚来的钱两天内就全用完了。他身无分文,在那些他吃过饭的各个餐馆里,靠着伙计趁老板不注意偷偷递给他的咖啡又挨过了一天。可是,不能指望店伙计们再这样做了。提拉里街上这些店都是小本经营,他们要是被老板逮着,就会从工资里扣掉五美分。现在他需要工作,而这个节骨眼儿上,哪个餐馆需要洗碗工,哪个商店正好缺销售员之类的好事儿,再没发生过,也不太可能发生了。时机太不巧了。他并不是要找一份固定工作——他每天都不得空闲——所以他并没有离开这条街,而在这里他又一无所获。但他还得吃饭呢。被迫饿肚子的第一天，他感到胃里空空如也，徒劳地徘徊着，小腿肚子也极度疲乏。

他一直随身带着那个珐琅烟盒，就是那天在这条街上发生意外后出现在他口袋里的那个华丽的烟盒。回到家跟弗吉尼娅相聚的那几个星期，他一直揣着这个烟盒，并没有把它藏在公寓里。这么做，是为了消除她的不安，怕她哪天发现这个奇怪的东西会担心。逃出来的那天晚上，他就揣着这个烟盒，而且，这是现在他身边唯一可能还值点钱的东西。所以，他决心把它当掉，他并不知道这个烟盒到底值多少钱，但也许能帮他撑过一两周，或者几天，随便多少天都可以。

奇怪的是，提拉里街上并没有当铺，不过他走了一两个街区，在蒙茅斯街右侧找到了一个。他走进当铺，屋里散发着一股樟脑味儿，这个时候一个人也没有。他取出烟盒，吹吹灰，用外衣袖子擦了擦烟盒。

听到开门声，店铺老板从后面的储藏室走出来，顺着柜台内侧走到汤森面前，用他特有的敏锐的眼光审视着他，不置可否地说了一句："你好啊？"

汤森把烟盒打开，手伸进柜台上的丝网里把烟盒递给他。

汤森应该注意到一个细节，老板根本没有仔细查验这个烟盒，也没有掂量掂量多重。典当这一行，汤森完全不懂。

忽然，当铺老板懒洋洋心不在焉地说了句："又来当了，啊？"

这话带来的震动可真不小。

汤森完全没有料到会有这么一出。这太让他措手不及了,完全猝不及防,电光石火似的,还没回过神来就发生了。等他忽然明白过来,他眨眨眼,脸色发白,接着又紧紧抓住了柜台边缘。又来当了。又来了。他隐隐有一种奇怪的感觉,就像是待在一个漆黑的房间里,房门开始松动,开了一条窄窄的缝,第一缕光线照了进来。

他以前一定在这里当过同样一个烟盒。

尽管他尽力让自己显得冷静,他的声音依然有点打颤,他想让自己只是显得健忘,而不是别的什么,便说道:"哦?我上次就是在这里当的烟盒?我看所有的当铺都长得一个样。"他希望这个说辞对当铺老板来说还算过得去,尽管他觉得这个理由太蹩脚了。

店老板不屑一顾地说:"我都认得这个烟盒了,你在这儿当了有三次了,对吧?"他一边说,一边把烟盒递过来,好像不打算做这笔生意了。然后,他马上又改变主意开了个价:"好吧,四美元。"

汤森看到希望,不顾一切地要抓住这个机会:"你以前给我的不是这个价钱。"

老板立即摆出一副行家的样子,凶巴巴地说:"你还想怎么样,讨价还价?这东西现在就值四美元。我凭什么要给你开比上次更高的价?对我来说,它可没有上次值钱了,不是吗?"

汤森紧张地说:"你还保留着上次赎回之后的票据吗?管你怎么称呼,我说的就是那个客户签了姓名和地址,你保留到东西赎回时候的那个收据，还在吗？"

"当然了。你要我去查一下？我干吗要去查呢？我记得这个烟盒的形状，当着你的面验过，瞧这里。"说着，他指了指烟盒上之前用酸液测试留下的小印记给他看。汤森还以为那个地方是磨损了的。"你冲我喊，还记得吗？说是十四开的，镀银烟盒，我给了你四美元。"

汤森讨好似的央求他："好吧，让我确定一下吧，看你能不能找到单子，我要亲眼看看。"

"你的意思是我做个生意稀里糊涂的？每一件抵押品的价值我都清清楚楚！"话到这份儿上店老板反而来了劲，"你上次是什么时候来的？"

汤森是五月十号回到弗吉尼娅身边的。他支支吾吾碰运气地说道："是在今年，四月份。看看你的账本，肯定记着呢。"

店老板回到后面屋子里，啪地拧亮一盏灯，接下来对汤森而言就是恼人的漫长的等待。汤森靠着柜台，柜台边缘直硌得身体痛，似乎这种身体上的疼痛才能减轻那种等待的煎熬。

"四月十八号，"忽然，店老板在屋里说道，"是镀银烟盒，黑色珐琅，银条纹。票号嘛……四美元。我说没错吧？"

"把那票据拿出来，我想看看。"汤森喊道，他的声音听上去非常急切。

店老板拿着一个长方形素色账本出来了，他怀疑地看着汤森：

"这个就是了。你要说我弄错了,是你弄错了吧?"

汤森歪着头,看着店老板手里的票根簿,找票据上的签名。那上面的签名并不是他自己的笔迹,不过汤森一点也不觉得意外。记忆都会被篡改,还有什么不能。

票据上的名字是乔治·威廉斯,汤森一眼就看出这是个假名。这名气起得也太草率,太敷衍了。倒不是说没人会叫做乔治·威廉斯,而是汤森绝对不会取这个名儿。再说了,他的帽子防汗带上的字母缩写是DN。这个票据上的地址是蒙茅斯街705号,这个地址跟名字一样,也是假的吗?不过他有机会知道了。

汤森朝门口走去,店老板在背后大声叫起来:"喂,怎么样?你到底当不当啊?"

"我等会儿回来。"他说着,夺门而出,两扇门猛烈地来回晃了好一阵子。

他在蒙茅斯街上急匆匆地朝700号那边走去,很快就到了,就在前面。

他的腿脚不听使唤地停了一下,又蹒跚着往前走了几步,仿佛是出于惯性似的,然后就彻底停住了脚步。这里根本就没有什么705号,只有一个703号,隔壁就是707号。这是一个公共澡堂。

微微打开的门又一次"砰"地关上了。他再一次陷入黑暗中。

大门开启

　　他用掉三美元七十美分后,已经接近下午五点了。他不再按照天和小时来计算时间,而是用他口袋里的钱来计时,现在他又穷得只剩下三十美分了,再也没东西可以拿去当了。即便是最俭省的过法,他也顶多只能撑过明天。他照例又在街上走着,忽然,提拉里街上的人开始变少了。

　　他正走在从瓦特街到乔丹街的路上,往常这里的人行道挤满了人,忽然这些人都朝街角涌去,去了瓦特街。就在不久前,那边传来消防车的警报声,随着人群涌向那边,又时不时传来人们的尖叫声。一开始是孩子们尖叫着从大人的脚边跑过,接着他们的长辈就全都聚过来，迈着各种步子，或是奔跑着，或是摇摇摆摆地走过来，不一而足。像是发生了什么令人恐慌的事情，可是对于提拉里街上的人们来说，这却是令人振奋的，这几乎就是一场可以各抒己见的社交活动。忽然，整个人群都涌向了某一点，只有那些手推车和那些必须守着车的人留下来，那些手推车被孤零零地丢在了柏油马路上。

一开始汤森并不打算也跟着偏离方向。相比他寻觅过往的计划，一场火灾或者其他外在的影响又有什么意义呢？可是，这个时候，他前面的街道上已经空无一人，他也不太可能有所收获了，至少暂时不会，他也就转过身，慢慢地跟在人群后面朝那边走去。不过，他是跟大家保持了一段距离，慢慢地走着。

不远处，顺着瓦特街前行两个街区远的地方，可以看到那里升起了一片蓝灰色的烟。实际上，人们距事发地点之间至少隔了一个街区。从提拉里街和其他街上涌来的人群都在那附近被警戒线拦在外面，拥挤的人群占领了整条街，挤得水泄不通，只在外围有一些人走来走去。

汤森跟过来,在人群后面几英尺的地方停了下来。这里没有人，他就这样在人群外面看着。他唯一能做的就是伸长了脖子，目光尽力越过那些人的头顶去看前方的景象。

他站在一栋房子前，这房子并无特别之处。这条街上到处都是这样的楼房。每一栋这样的房子，楼上每一扇窗都打开了，站满了兴致勃勃的围观者。这栋房子顶楼的一个窗口里,有个孩子正在挤一个橘子,有人突然挤了他一下,忽然就有一个黏糊糊的东西打到汤森肩膀,飞到地上,落在汤森脚边,湿答答的一团。

他惊了一下,转过身,抬头望着上面,想看看肇事者是谁。他满脸厌恶地仰头看了好长时间,那个表情很容易吸引上面人的目光,甚至能吸引到远处凝视的目光。

房子前面突然传来一个声音,尖声尖气的,但即便在嘈杂喧嚣的街上,那声音也能听清:"丹!"

过去的大门终于向他打开了。

神秘女孩

一开始,汤森迅速地转换自己的视角,从上往下一层楼一层楼地扫视那些窗口,最后他看到一个地方忽然有个空,刚才一定有个人站在这儿,就在二楼中间的一个窗口。不过等他找到这地方,那人已经不见了,只留下一个缺口。周围的人群迅速地涌过来,填满了这个空缺。

他知道那声尖叫是在喊他,不过这纯粹是本能的感觉。那声喊叫似乎直冲他而来,不偏不倚,震动他的耳膜,凭这点他就知道是在喊他。不管那人是谁,此时此刻,她也许就在这栋房子里,一路跑下楼梯来找他。

他待在原地，浑身僵硬地一动不动，唯恐这一次又是一场误会。一阵强烈的讽刺感向他袭来。不管是真是假，的确有人认出了他，而且就在提拉里街一个街区外的地方，他却日复一日地在提拉里街上来回游荡，而每次经过瓦特街路口，他都能看到前面街角的这栋房子。

现在，每一秒钟似乎都前所未有的漫长。他能感觉到自己从头到脚浑身的脉搏在皮肤下的跳动。这人是谁呢？会发生什么事？要是她上来跟他搭话，他觉得这是毫无疑问的，那她是敌还是友？

他该说什么呢？他如何知道自己可以说些什么？内心一个声音在不断地警告他：现在要保持冷静，不管做什么，别失去理智，必须要把握好自己，因为一个小动作、一句话，都可能带来不可知的后果，同时要确保自己不漏掉任何信息。少说话，尽可能少说，宁少毋多。宁愿什么都不说，也好过说错。要像一个蒙着眼睛走钢丝的人那样，小心感受周围的一切。

大概过了一分钟，最多一分半钟，但冲他而来的那声绝望的呼叫仿佛已过去了几个小时。他把手放在身前已磨损的楼梯铁栏杆上，即便如此，他的手依然不停地抖，无法握住栏杆。

忽然，那栋楼的大门打开，一个人如离弦之箭般冲出来，他还没好好看清楚，那女子就来到了他跟前，与他四目相对。他看着她，凝视着她的双眼，又打量着她的脸庞，而那一双眼睛也同样凝视着他。

棕色的眼睛。

明亮的棕色眼睛。

泪汪汪的明亮的棕色眼睛。

泪水就要夺眶而出的明亮的棕色眼睛。

忽然，一块手帕举起来挡住了他的视线，趁这会儿，他才能迅速从头到脚地扫一眼她，也仅此而已。

她很年轻，身材苗条，比一般的女孩要高。她柔亮的头发凑到他耳垂的位置，棕色的头发里没有一丝金色或者红色，却透出黄褐色的光泽。她刚才一路从楼上跑下来，头发披在脑后，什么发饰都没有戴。她的样子谈不上十分漂亮，但也绝不平庸。她的面庞充满活力，散发着温暖，而不是传统的美丽。

她是——可她是谁呢？

她把手绢拿下来了，他的仔细打量到此为止，再没有机会细看，他应该对自己所看到的知足了。

她一开口就是："丹尼！我从来没想到还能再见到你！"她就站在他面前，这么近，所以，他就是丹尼，一定不会错，丹尼就是他过去的名字，也就是现在，他回到过去应该叫的名字。可他无端端地觉得自己过去肯定很讨厌这个名字。

"唉，你这个笨蛋！你真是疯了！光天化日之下你到这大街上来干吗？你疯了吗？"

他终于开口了，又重新开启了跟她一起的人生，不管她是谁。

他平静地说:"看火灾。"不多一句也不少一句。

她看看路的一边,又看看另一边,扫视了一下周围,很明显,她在为他担忧。"你怎么了?你不知道人多的地方对你最危险吗?你根本就不知道,他们中的某一个什么时候会出现在人群里,到处找像你这样的人呢!"

他们中的某一个。像你这样的人。她一定知道什么,无论如何,她肯定知道一点。她怎么知道呢?是全部都知道?还是知道一点点?她怎么知道的呢?直接还是间接知道的?

说点无关紧要的话,找点不痛不痒的来说说吧,他不能只是这样呆呆地站着,那样也很危险。于是,他往上扫了一眼她喊他的那个窗口,又看看她,说:"你的眼力真好。"

"事到如今,不管多远,我都能认出你来。"她待着几分尖刻和不屑说道。仿佛想起了什么伤心事,她脸上的光彩暗淡了。

汤森不敢提问题,只好平静地说:"是,我猜你也是。"

"行了,你到底要干吗,光天化日下就这么站在这儿,等他们来把你抓走?"她很担心,拉着他的袖子把他朝门里拽。她又急又恼,尖声说:"你到底想干吗?自投罗网?进来!至少站到过道里来!"

他跟着她走进窄窄的通往楼梯的过道,外面,午后的阳光已渐渐变成柔和的暮色。他们面对面地站在过道中间,靠着同一面墙。他背对着街道。

他大起胆子，小心翼翼地试探，看能不能获得些有用的信息："你……你似乎有点担心我。"

她一下子用手捂住了他的嘴。显然，这个问题勾起了之前他觉察到的她的伤痛和委屈。即便如此似乎也不够发泄她的情绪。她突然握紧了两个拳头，不断地猛捶他的胸口。她没有打得很重，或许，她对他并没那么多怨怼，下不了手。"你这个坏蛋！哦，你这个可恶的坏蛋！为什么我偏偏这么爱你？"

忽然，她收回了拳头，绝望地扑进他的怀里。只过了一小会儿，她又抬起头来，说："哦，丹尼，为什么我会遇到你？为什么我要认识你？"

这到底是怎么回事？汤森吓了一大跳，心想：我对这女孩到底做了什么？

"你真坏，"她说，"你永远都不会是好人……"就在这时，听到楼上传来的下楼的脚步声，她不假思索地说："快！躲到楼梯下，进进出出的人才不会看到你！"

她跟他一起，两人蜷缩在楼梯下面这个更狭小更幽暗的角落里。他们静静地等着脚步声走远，走到大街上去了。她看了看外面，又转过身，比先前更担心了，对他说："丹尼，你现在住在哪儿？"

她很担心他，她的话音里似乎隐隐带着亲密又责备的意味，但并无恶意。他大起胆子告诉她："我租了一个带家具的房间，就在从这里过去的角上，在提拉里街。"

"好了，拜托你回去吧！你瞧，人群要散了。混在他们中间，回去吧。我上楼去收拾东西，然后就溜到你那儿去。"

"我就在这儿等你。"他说。

她可不想听到这话："不！不，丹尼，我害怕！你回去吧。如果你在这里晃荡，一定会出事儿的！"

他朝楼梯的方向看了看。"楼上是谁？"他问。即便他本该知道这是什么地方，谁住在这里，她在楼上做什么，他这么问仍然很正常。也许她自己住在楼上，要是这样的话，他就可以知道她是谁了——不，他转念一想，他注意到楼下大门处并没有门铃，更没有写着住户名字的牌子，所以没有任何线索表明她的身份。

她的回答依然让他疑惑不解，不过，至少有一点明确了，就是他原本知道这是什么地方。"所有的人都在，连家里的猫都带来了，真讨厌！我要花点时间才能脱身，我可不想让他们发现什么。我会跟他们说我要搭乘早一班的火车。你不能在这里等我。"

跟以前一样，要是她会背叛谁，他已经向她敞开了怀抱。在这种情况下，已经回避不了了，他想。只能冒个险了。"好吧，"他说，"我在提拉里街十五号，二楼临街的一面。"

"好了，丹尼，快回去吧，这次别再抛下我了。"她半仰着脸，满含期待。他轻轻地在她嘴唇上吻了一下，他并没有为那个明显的疏漏感到内疚。

很明显，他们过去的亲吻比现在投入得多。"别太用力了。"她闷闷不乐地说。他要走时,她又急忙把他拉回来,说:"丹尼,回去路上小心点。"她又拉着他站了一会儿,说:"把帽子前面拉下来一点。"她把他的帽子往下拉了一点,才让他走了。

他沿着过道走到街上去了,听到身后传来她上楼时轻巧的脚步声。

她是谁?她是干什么的?显然,她知道他犯了什么事儿,不过,她是直接参与了,还是仅仅从他那儿听说的呢?

问号,问号,一连串的问号,就像收银机上的美元符号一样,不停地从他脑子里冒出来。

他拐过街角,走到提拉里街上,他都没有回头瞥一眼她所在的那栋房子,而是径直朝自己的房间走去。第一次,他以这么轻快有力的脚步走在提拉里街上。他脚下生风地走着,赶超一个个挡着他路的行人。他再也不需要在人行道上慢腾腾地磨蹭了,至少这已经成为过去了。提拉里街对他来说没有什么价值了。他曾经希望在路上偶遇有人对他点头示意,或是一声问候。现在,他获得的是委屈的泪水,蒙在他嘴上的巴掌,还有一个单相思的亲吻。

这回报来得有点迟,但过去的等待都是值得的。

小心试探

　　天已经黑了，几个小时过去了，他很早就点亮了煤气灯——这是他唯一的待客之道了。火苗不安地跳跃着，等待她的到来。火光一半映在墙面上，仿佛针尖上的黄色天使。但她还是没有来。都过去三个多小时了。不，四个小时了。只需要绕过街角就到这里。到底是怎么了？难道又弄错了？又一次空欢喜？抑或，更糟？会不会在她的带领下，一张搜捕网已经精心在他身边铺开，所以才花了这么长时间？他有点不安，但并没再继续纠结这个念头，因为即使她要出卖他，也用不了耽误这么久。就算是她要出卖他，到现在也该有个结果了。她拖到现在没来，唯一可能的恐怕就是那个最简单的原因,被什么事耽误了。

他在有些起伏不平的地板上走来走去,不停重复着这些单调的动作——透过窗帘缝隙看下面的街道,又走到门口,把门打开,好像她是一阵风,把门打开就能让她快点进来似的。为了打破这种单调,他又开始做一些跟她的到来不相干的事情——把水龙头打开,又关上。

然而,怀疑的火苗时而又在他的脑海中闪烁。我怎么知道她是谁呢?显然,过去我对她做了什么,我让她受了委屈,我怎么知道我做了什么呢?也许,要是我知道了,我就不会相信她了。也许她只是抓住这次机会来报复我。她看上去挺好,但女人在这方面都不太可靠。上一分钟她们可以很宽容仁慈,下一分钟就可以从心里掏出一把匕首刺向你。又或者,她是图钱?什么人要悬赏捉拿我,现在她正在附近,走在领赏的路上……

等等,楼梯上是不是有什么动静?他迅速地跳到门后,动作像一只猫一样灵敏,他将头埋到胸前,耳朵贴近门缝,手按在钥匙上,以防歹人闯入。一阵细弱的气息从锁孔里传了进来。

"丹。"

一开始,他准备听到她的声音就开门,紧接着他想,应该让她报上名字来,正好抓着这个机会知道她的名字。于是,他压低了声音问道:"谁?"

她避开了这个问题,也许是无意地,说道:"我。"

他无可奈何地苦笑了一下,转动钥匙打开了门。

她走了进来,琥珀色的眼里闪烁着嫉妒的光。"你的女朋友一定不少,让你都分不出谁是谁了。"

他关上门,说了句大实话:"自从我搬到这儿来,除了房东,你是第一个来这儿的人。"接下来他不得不跟她进行的对话,恐怕就没有这么真了。

"别逗我了,"这次她相信了他,"你到哪儿都不会寂寞太久的。我还不了解你吗?等一下,别关门,我的东西还在外面。"

她拖进来一个小小的破箱子,还有两三个纸袋。

他们俩到底是什么关系?他小心翼翼地抹掉脑海里浮出的"弗吉尼娅"这个名字,一言不发地看着她。

"我可以直接从这里去坐火车。"她说,"明天早晨六点的车。"

他心里在问:六点钟去哪儿?脱口而出的话却是:"那你几点能到那儿?"

"七点十分。"她说,接着,又有点埋怨,"这下你该知道了吧。"

一小时十分钟的距离。从城里出发一小时十分钟的路程,就是那个地方,可是在哪个方向呢?有太多可能了,一百八十度的范围都有可能。只有一个方向排除在外:南边和周围的区域,那里是大海。

他不敢问那个地名。但他又想到了一个问题,跟她乘坐的火车有关,他小心地把这个问题藏在心中,等以后去问。现在还不能问,因为显得太唐突了。可是一旦时机成熟，他就会去问的，就算没有她，也能解开他的疑问。

她一直在打量房间，说道："哦，丹尼，这里太糟了。"

他皱了皱眉，说道："你指望有多好呢？"

她把他拉到煤气灯昏黄的灯光下，说："让我好好看看你。"

他任凭她拽过去，乖乖地站在那儿。

她细细打量着他的脸，好像在"感受"他的样子似的。她似乎一点儿也不满意他的样子。"丹尼，你有些不一样了，但是哪里不一样了呢？"

汤森没敢回答她。

她坐在床上，她迷惑地看着他，他能感觉到，他们之间明显有些不自然。"丹尼，你说话有点儿、有点儿躲躲闪闪的，你怎么了，像怕说错话似的。"

就是啊，他想。哦，要是你知道我现在的处境就好了！

她一个接一个地打开带来的袋子，全是日用品，一个四方形的东西竟然是一个小煤气炉。她说："从现在开始，你不要出门去了。你要的东西全都在这儿，不用上街去买了。你可别再像今天那样冒险了。我要你答应我不再做傻事。"

她背对着他，弯下腰，把东西放在墙上的搁板上，这是房间里唯一可以放东西的地方。她的影子落在面前的墙壁上，看起来颇有些凄凉，仿佛某种不祥的预兆。忽然，外面街上传来一声鸣笛，把他从遐想中唤醒。

她接着说道:"别忘了,他们是不会放弃的。他们越低调,你就越要小心谨慎。"

他们。他们是谁?

她的手袋放在床上,一半落在他的身下,不过里面并没有什么有用的信息,他又偷偷地把手袋合上了。通常在开口处会有大写的字母缩写,但是这个手袋上什么都没有。看来这个法子行不通。

她又凑到他跟前,摆弄着他的衣领尖。"你打算怎么办,丹尼?你想过吗?"

"我真希望我知道。"他小心翼翼地,闪烁其词地答道。

"你注定要输的,对吧,怎么你之前就没有想到吗?"

"谁都不会赢。"这个话题怎么说都可以,所以这样说应该没问题。

她有点悲伤地笑了笑。"对我来说,是的,不过这都不重要了。"她将头靠过来,脸颊贴着他的胸口,柔软的头发落在他的下巴下。他的视线越过她的头顶,若有所思地凝视着远处,他听着她继续说:"不过,这真有意思,我永远不会跟任何女孩交换爱人,哪怕她知道没有人会来抢走他,我只要你,丹尼,我谁都不要,即便我知道有一天我会失去你,也许有一天我到这儿来敲门,你已经不在了,我仍然只要你。"

"不……不……"他拉长了声调安慰她,"我们会找到办法的。"他知道,即便他这样许诺,也不能让她停止谈论这个话题。

"不知道他们在那边是不是已经有所察觉了。"她接着说。

她特地强调了在那边，他觉得那地方肯定就在这附近。也许就是瓦特街上的那个公寓，他很肯定地问道：

"你觉得他们发现了吗？"

"我不知道，"她有些迟疑地说，"我不知道。我喊你名字的时候，幸好我姐姐在厨房里，给孩子洗澡。我真恨不得咬断我的舌头，可当时我完全是情不自禁。"

那么，那就是她姐姐的公寓了，她的已婚姐姐的家。她是从距离此处一小时十分钟远的地方来的，来自那个一百八十度方向范围内的某个地方。

"她不可能丢下孩子去看火灾。不过等我后来回到楼上，她说，'我听你刚才喊了一声丹的名字？'她还怀疑地看了我一眼。我哈哈笑着掩饰过去了。我跟她说我是在对一个逗狗的孩子喊'滚！'"

她沉吟了一会儿，然后有点担心地说："我只希望能把她给搪塞过去。"

两人好像没什么聊的了。她扭了下身子，说："很晚了，我不想误了明早的火车。"

他伸出手去，摸到身后的墙上，把煤气灯灭掉了。房间里一片黑暗，只剩下从楼下街道射上来的灯光，从窗户射进来，鬼魅一般地闪烁着。两人的声音变成了低低的呢喃，比之前更小声了，她提起了火车，这正是他一直期待的，于是他小心翼翼地问：

"那列火车在哪个站台？"他尽可能装出很自然的样子。

他又遭到了抱怨，不过也得到了想要的答案。"你应该知道呀，你坐了那么多次。每次都是在同一个站台，下面那层，十七号站台。"

要解开任意一个方程式，至少需要两个已知项，现在他都具备了。一小时十分钟的距离，下层十七号站台，早上六点。这些信息足以让他查出那个地名。

这会儿,她脑子里才没想站台和火车的事儿,他现在也不用去想了。"你吻我的时候，好像你在想什么别的事情。"

事实正是如此，他刚刚正在想着一小时十分钟的事儿。他把心收回来，又吻了她一下。"怎么了？"

"没什么，只是以前你总会说点什么。"

他在想怎么才能知道她的名字。几乎每一次他想叫她，可结果却让人尴尬失望，他应该喊出她的名字来的。他多希望自己能吐出她的名字，多希望能听到她的名字啊。

他施了个小花招，看能不能哄她说出自己的名字来。这个问题在这个时候问再合适不过了。他在她耳边低声说："如果你要改名字，你希望改个什么名？"

他得到的回复却是自己的名字，而不是她的。"很简单啊，改成丹尼尔·尼尔林太太。"

他心想，丹·尼尔林，这是通往过去的又一把钥匙。

他大胆地说："那你的姓就会比现在短了呀。"尼尔林是一个很短的姓。

她大声地数着姓氏里的字母，正中他下怀。"只差了一个字母。你看，D-i-l-l-o-n，六个字母，N-e-a-r-i-n-g，七个字母。"然后她娇嗔地说，"嘿，这是干什么呢，大晚上的拼字比赛？"

"只是聊聊天，"他哄她说，"你知道，我们好久都没在一起聊天了。我喜欢跟你说话。"

"当然了，可以聊，"她有点不快地说，"但除了聊天还可以干点别的。"

他没有再说了。"那我们就不说了，怎么样？"他问她。

"反正，你不准再说一句话了。"

第二天早晨，他醒来，发现自己的手臂还保持着搂抱她的姿势，但她已经走了，他的怀里空荡荡的。但是她留了张字条，说她还会回来的。

> 亲爱的丹尼，我得去乘六点的火车了，我不忍心叫醒你。下周四，我会再来的，保重。
>
> 露丝

她的名字叫做露丝·狄龙，她住在距此一小时十分车程的地方，她坐的火车从下层十七号站台开出的，他觉得自己仿佛刚刚经历了一场严峻的考验。

寻找答案

对于那些躲躲藏藏的人来说，车站可不是一个安全的地方，他知道自己得赌一把。

他从上层站台沿着开阔的台阶往下走，脸贴着衬衣前襟，这样至少遮住了下面半张脸。现在是早晨五点四十五，他挑了这个最安全的点儿，比起白天或者晚上的其他时间，这个时候不太会有不怀好意的眼光盯着他。反过来，这个时候的危险也增加了。因为现在站台上没有别的人，他太惹眼了，就好像单独的一个人站在宽广的舞台上，注定会引起他人的注意。

他掐着她前一天出发的时间来到这里，只有这样，他才能确认现在十七号站台上出发的列车就是她所搭乘的那一列。

长椅上稀稀拉拉地坐着几个睡意朦胧,面带倦色的旅客,还有一两个红帽子搬运工走来走去,他没有带行李,所以他们并没走上来。

他按照从大到小的顺序,挨着一个个站台入口走过来,23号,21号,19号,现在到了17号,站台门口贴着一张出发列车的时刻表。他悄悄走到对面的一张长椅上,仔细研究起来。上面没有到站的时间,只有列车从这里出发的时间——早上六点。看来,他必须自己经过一番排除,才能知道那趟车去往什么地方了。

他提防地看了看周围,站台空荡荡的,大理石地面上没有一个人走动,他站起身来,走到门房那里。他从时刻表上任意挑了一个排在中间位置的地名儿,问道:

"这趟火车什么时候到克莱伯勒?"

"六点四十五。"

比他要找的地方早了二十五分钟。他又看了看下一个站点,问道:"那几点能到梅雷迪思?"

"七点零五分。"

还不是这里,一定在下一站。

"那到新杰里科呢?"

这个门房变得不耐烦了,粗声粗气地说:"七点十分。"他那副表情仿佛在说:你还有完没完哪?

汤森知道了答案,转身离开。他已经知道那个地方是哪里了,新杰里科,她就是从那里来的。

在寻找过去的途中,他又向前迈出了一步,现在,他必须再次安全地离开这里,就像他来到这里一样……

开始之日

又到周四了。黑夜里又听到了两个声音，又一次上演了爱情与冒险的游戏。

她来之前，他已经提前做好了准备。他的发现让他激动不已，想把这帷幕掀开得更高一些。他就像一个旅人，走过了漫长而宁静的旅途，发现再过一个小时就能抵家了，反而变得烦躁不安起来。

今天晚上要弄清楚两个主要问题，这两个问题一旦明了，就像照亮黑暗隧道的两盏灯一样，无论道路多曲折，这两盏灯的光芒都将照亮整个旅途。这两个问题就是：时间、地点。

时间，地点。知道了这个，他就能继续前行。这是他要解开的方程式的两个变量,一旦他知道了这两个信息,他就能得出答案。他必须知道这两个信息。

即使在亲她的时候,他的脑子也在不停地打转:何时何地?何时何地?

她站起身,走到房间那头去放下窗帘。

她回来后,有些不太情愿去亲他。她只离开了短短几天,心中却仿佛颇为不满。这一点,他完全看得出来。在某些时候,情侣们几乎就有心灵感应。

"你在烦恼什么呢?"

"弗吉尼娅是谁?"

他暗暗咽下一口口水。"我不知道,你从哪儿听来的这名字?"

"从你这儿。"

什么时候,在哪里?什么时候,在哪里?什么时候,在哪里?

"她是你在新杰里科一起鬼混的人?"她气愤地说,"要不,就是你躲到这里来的时候勾搭上的?"

"我在这里的时候,一直都是隐姓埋名的……"

"得了吧,你可没有隐姓埋名!"她反唇相讥。

这倒是给他了一个答案,他已经猜出来了,那就是新杰里科。现在,他只需点亮另一盏灯。什么时候?什么时候?什么时候?

这个时候,她还是很受伤。"如果她那么好,那让她给你买东西好了!这倒不错!即使我得听到其他女人的名字……"

"嘘……别人会听到的。听着,没有什么弗吉尼娅,我也不认识弗吉尼娅,对我来说,那就是一个州名。"

"你那时想的可不是什么地名!"她毫不留情地说。

他抓住她的手,把她拉到跟前,她渐渐又恢复了热情。一开始她僵硬地坐在床边,背对着他,然后侧身躺着,还是背对着他。最后,她彻底原谅了她,又将头枕在了他的肩膀上。

什么时候?什么时候?什么时候?

"给我擦亮一根火柴吧,就像你过去那样……天哪,在火柴光下面,你的眼睛好亮啊,丹尼……别,别吹灭了!留着,我想许个愿……嗯……许个什么愿呢?你应该猜得到。那就是我希望他们永远都抓不到你,我能一直这样拥有你,永远。"

永远,这是个时间的词。就在眼前,最好抓住机会,也许今晚再也没有机会了。

"永远,那是一段很长的时间。我们像这样子有多久了?你记得吗?我记不太清了……"

"九个月了,对吧?"听到他这样问,她开始数出声来,那些没有受过多少教育的人总会这样做,"你看,八月,九月,十月……对了,正好是九个月十五天。我真没想到你能躲这么久。"

所以,不管发生了什么事情,那件事情就是在去年的八月十五号发生的。

地点,加上时间,那就是他期待的过去。

遗失的记忆

汤森小心翼翼地走进图书馆的阅览室,跟先前壮着胆子去火车站一样。尽管图书馆有让人放松的学习氛围,有种远离世俗的私密感,可谁也说不准什么时候就有人突然抬起头,盯着他,一下子把他给认了出来。

他低下头走到借阅处,排在几个人后面。

"请问这里有新杰里科的过期报纸吗?"

图书管理员抬头看看他说:"抱歉,我们这里没有。"

也许新杰里科根本就没有发行报纸。谁知道那个地方有多大?也许不过是个没人管的十字路口。

他又问道:"那么,您现在能告诉我离那里最近的大一点的城镇是哪里吗?"

图书管理员看上去并不吃惊,好像这个问题比起别的问题来不足为奇。"我不太确定,但我想最近的应该是梅雷迪思吧。"

"那么,这里有梅雷迪思的过期报纸吗?"

图书管理员查了一下,说道:"我们有梅雷迪思的《领导者报》,但我不确定存档是否齐全,你先填一下卡片,然后在那边等着,我们会叫号的。"

他在卡片上写下:梅雷迪思《领导者报》,1940 年,8 月 16 日。然后,他签上自己的名字"艾伦"。那是出事之后的第一天,没错。

图书管理员将报纸递给他,他小心翼翼地接了过来。突然,他想把这报纸扔掉,永远都不要看里面的内容。他想逃走,逃离这个房间,逃离提拉里街,也逃离那个过去的自己。现在,过去就在他的手中,他却感到那么害怕。弗兰克·汤森和丹·尼尔林,这两个身份终于汇聚到了一起。

丹·尼尔林到底做了什么?他拿着报纸走到一张桌子边,怀着深深的无奈坐下来,打开了报纸。

"丹·尼尔林"这个名字一下子映入他的眼帘。他身体往前倾,两手放在桌上,好像抱着报纸似的。

恩将仇报——市郊庄园里的冷血凶杀案

八月十五日下午，新杰里科城郊，丹尼尔·尼尔林开枪射杀了当地望族哈里·S·迪德里希。凶案发生在死者位于城郊的家中。在过去的两年中，被害人是凶手的雇主，还给他提供了住宿。被害人的妻子阿尔玛和他的弟弟威廉，以及邻居阿瑟·斯特拉瑟斯，当天早晨出门忘了带车票，回家取票的时候，惊恐地目击了这起谋杀。愤怒的凶手发现了他们，于是从屋子里冲出来追赶他们，他们赶紧又将车开上公路，这才躲过一劫。之后他们到了斯特拉瑟斯先生家中打电话报警。E.J.埃姆斯警官带着一干警察来到现场，这时候凶手早已经逃之夭夭，凶器则扔在地上，是一把猎枪。被害人的残疾父亲埃米尔·迪德里希，安然无恙地坐在轮椅上，待在另一个房间里。

没有人知道尼尔林的过去，被害人不顾家人的反对雇佣了他。一开始，他是干点杂活，照料花园。不过，几个月前，照顾迪德里希先生残疾的父亲的那名护工被解雇了，尼尔林就取而代之，也在这栋房子里拥有了一间自己的房间。

惨案发生时，被害人的妹妹阿德拉·迪德里希也在家里，由于深受神经症的困扰，她幽居于楼上的一个房间里。家里还有厨娘莫莉·麦圭尔和女佣露丝·狄龙，不过惨案发生时，这两位女士并不在现场，她们在此之前就已经外出了。

根据埃姆斯警官的调查,当天的情形可能是这样:午餐的时候,迪德里希夫人说想去城里逛街购物,她的丈夫提议让自己的兄弟开车送她去新杰里科乘火车。他们快到两点的时候就出发去火车站了。这个时候,迪德里希也回到了房子一侧的温室里,他习惯在那儿午休。过了一会儿,莫莉·麦圭尔和露丝·狄龙也离开了,两人一起去搭公交车。人们最后一次看到尼尔林的时候,他正坐在老先生身边,像是在打瞌睡。

迪德里希太太和小叔子在去火车站的路上碰到了斯特拉瑟斯先生,尽管他们只是面熟而已,两人也邀请他搭一段顺风车。过了一会儿,迪德里希太太发现自己把火车票落在家里了,于是他们就返回去取票。就在他们驶近屋子的时候,温室那边传来一声枪响。他们还没下车,就见尼尔林从温室里冲了出来,手里还挥舞着冒烟的猎枪。他们吓坏了,赶紧又开车上了公路,尼尔林还在后面追赶他们。

警方到达现场时,发现迪德里希先生已经当场死亡,他的脑袋几乎被炸开了花。隔壁书房里的一个小保险箱撬开了,里面的东西散落一地。现在还不知道是否有现金遗失。过去的几周内,迪德里希先生多次抱怨小额现金不见了。因此,警方倾向于认为迪德里希先生设了一个圈套来抓小偷，结果发现尼尔林在撬保险箱，迪德里希先生试图呼救，却激怒了凶手，被凶手用枪指着退回到温室，并在那里被开枪打死。

根据埃姆斯的描述，凶手中等个子，年龄在二十七八岁，浅棕色的头发和眼睛，相貌很具有欺骗性，看起来很温和。在他的左手腕上还有一个小小的蓝色船锚文身。

警方已在通往市区的各个干道上设置关卡，有望尽快将凶手绳之以法。

他将袖口稍稍往前拉了一下，遮住了那个小小的蓝色船锚文身。

他杀了人！这个念头简直就像焰火一样在脑海里炸开来，仿佛一场焰火表演，天空中闪烁的光芒将一切都笼罩上了一层苍白而难看的绿色。

他用手背抹抹嘴，仿佛是要擦掉什么怪味似的。现在，他是一个罪犯了，他将要被绳之以法。他是杀人犯。

他无处可逃了，没有人可怜他，世俗的法律遵循神的戒律："凡流人血的，他的血也必被人所流。"

他是一个杀人犯。他会被抛弃，被驱逐。

现在他明白了，那个穿灰西装的人，那锲而不舍的无声的追踪，深夜他家门口的突袭，他现在全明白这是怎么回事了。这不是个人恩怨，也不是谁来报私仇，追踪他的，是这个社会。那个人肯定是警察，否则谁会在拥挤的地铁站台上掏出手枪来砸地铁车门呢？

有人轻轻拍了拍他，这一拍，让他的心触电般地狂跳起来。"请别在这里睡觉。"那人压低了声音委婉地说。

他又抬起头来，眼前还是朦朦胧胧的。他刚刚看到一个男人——二十七八岁，浅棕色的头发和眼睛，中等个子——从一个密闭的房间里冲出来，手里握着一把还在冒烟的猎枪。

寻找真凶

现在,有一点不一样了。他们不再是两个人,房间里还有一个幽灵跟他们在一起,就在这张床上。不管他把她搂得多紧,那幽灵依然在他俩中间。而且,他亲她的时候,他也在亲那张冰冷的微笑的鬼脸。

"你今天怎么这么安静,怎么了,丹尼?"

他知道有两条路,他必须二选一,要么走进那个门口亮着绿灯的房子自首:"我是丹·尼尔林。"或者……

他实在受不了这个想法。

"露丝,你说,你真的相信我做了吗?"

她把脸转开，说道："有三个人亲眼看到了，我也想不去相信……"

"可要是我说我没做，你还是坚持认为我做了吗？"

"哎，我会更加努力去相信的，可是我也不知道我能不能做到……"

"要是我说我没有杀人，你会帮我证明我的清白吗？你愿意帮我查出真凶吗？"

"噢，丹尼，我愿为你做任何事！可是怎么做呢？你有什么打算？"

"我要回去，回到案发地点。这是唯一能证明我清白的办法，而且，我需要你帮我。"

她挣脱他的怀抱，从床上一跃而起，站在黑黢黢的房间里，她一脸震惊地看着他："去新杰里科？回到迪德里希家？你知道他们会做什么吗？不，丹尼！别去，求你了！就算是为了我，留下来，至少你在这里还有条活路。"

"我必须去，只能这样了，我待在这里没有出路，只有回到那里，我才有机会。"

"可是丹尼，那就是自投罗网啊，你一去他们就马上报警抓你……"

"要是他们发现我的话，会报警抓我，"他说，"所以我才需要你的帮助。"

"丹尼,"她结结巴巴地说,"行不通的,我们根本逃不掉的……"

他打断她说道:"我考虑了好几天,我已经决定了。要是你不帮我,我就自己去,尽管那样会更艰难。我非常清楚我自己没有杀人。别让我证明,我没法证明。我知道有三个人看到了我。我知道报上这么写的,警察那边也这么记录,但我不在乎。就算全世界的人都说我杀了人,我也不在乎!我说了我没有杀人!我内心非常清楚,我没有杀人!我不会乖乖地任人宰割,只要我还活着,就绝不任由他们诬陷我。我要回去,事情在哪里开始,就在哪里结束。没有别的路。现在,你愿意跟我一起去吗,还是不去?你是站在我这边呢,还是他们那边?你会帮我呢,还是让我去送死?"

黑暗中,她弯下腰,头发落下来,就像轻柔温暖的雨水拂过他的肩膀。她的唇落到他的唇上,她一边吻他,一边喃喃道:"你根本不需要问我,你还不知道吗,我肯定会帮你的啊,哪怕这是我最不愿做的事我也会帮你!"

帷幕背后

乔装打扮

  他选择在晚上出发，搭乘夜里十一点的末班车前往他的过去。上一周她来的时候，他们已经做好了周密的计划，这次她要给他带几件衣服来，给他尽可能地乔装一番。她下了火车就直奔这里。在新杰里科那边，她记得有一间废弃的小木屋，附近都没有人，所以那里就作为他的藏身之地。

  夜幕笼罩着提拉里街，鬼魅般的窗户的投影最后一次闪烁在室内的墙上。他等着她，她早该到了却还没来，那墙上跳荡的影子似乎在嘲笑他："你永远不会成功的。你永远走不出这里。"

  最后，他实在受不了了，又想在窗口边看看她来了没有，于是他把窗帘放下来,恼人的影子终于不见了。现在,那里没有窗户了,没有出去的路了。

可是她还是没有出现。他伸长脖子从窗帘的一侧往外望去,看了很久,脖子都扭酸了。楼下,人们来来往往地走在人行道的斜坡上。

她应该几个小时前就到城里了。她说过,最晚会在下午三点钟左右跟他碰头,为了安全起见,他们要搭乘最后一趟列车。

她根本没意识到,他有多需要她。她以为他之前就在那里待过,的确,他的身体是去过,可是他的脑子没有。没有她,他简直寸步难行,就像一个要过马路的盲人没有人领着一样。没有她,他根本应付不来。

他知道她不会来了。要来的话,早该到了。她放他鸽子了,也许不是故意的。现在,他很确定,她没来,并不是背叛他,并没有对他不忠。她全心全意对他,就像弗吉尼娅一样。一定是哪里出了点差错,也许是她在为他收拾那间乱七八糟的小木屋时摔断了腿,也许是列车出了点问题耽误了,可即便如此,过去四五个小时了,也该到了呀。也许她已经安全抵达,赶来见他的途中却横遭车祸,也许此时此刻,她正绝望地躺在医院的病房里。

隐藏在公寓楼间的小教堂的钟声再一次响了起来。尽管他知道现在是几点了,他还是数了起来。

当,当,当——八、九、十。还有一个小时。要是他现在马上出发去乘火车，时间还来得及。问题是，要是她还不来，就没法指望她了，她再也不会来了，那样的话，他可怎么办？是待在这里再耗一个星期？她也许下周也不会来的。他知道，也许再也见不到她了。

没有她，他怎么办呢？他怎么才能不被人认出来呢？那边的人一定对他都非常熟悉。他过去一定要问路，可也许他问的第一个人就会把他给举报了。就算是城里四处走动都是很危险的。所以她要给他带点衣服来乔装打扮一下。火车站是最危险的地方，那里灯火通明，到处都是警察，随时留意着那些伺机逃跑的嫌疑犯。他们不会知道他只想回到过去。他得穿过那些狭窄的入口才能上车，很容易被人看到。

他非常肯定，没有人帮忙，他一个人独自行动，这无异于自投罗网。可是，他就决定这么做。

他没有假发，也不能把自己的脸染成别的颜色，可他一定要想出办法，蒙混过去。对了，一楼有一个做皮衣的，他搜集废弃的旧皮草，把衣服上的毛料剪下来，再用胶水重新贴到新衣服上，然后以一件一美元五十美分的价格卖给附近做苦力的人。

过了一会儿，他就出现在楼下的店门口，因为胶水的味道很大，店门总是开着。汤森对店主说："对了，我想跟我女朋友开个玩笑，逗逗她。你在我的耳朵旁边和两边眉毛上涂点胶，贴一小撮黑毛，你不要了的那种，看能不能弄得跟真的一样。"

这个皮货商生气地摆了摆手，说："莫名其妙，我可没时间给你做。"

"我给你二十五美分，你技术好，可以弄好的。"

这人在柜台上敲了敲硬币，然后拿起一把胶水刷，凑近汤森的脸，警告他："涂了这胶水，你身上会有股很难闻的味道，你的女朋友可不会太喜欢。"

他们费了很长时间，才弄出了一个勉强凑合的效果。他把帽子压得低低的，帽檐下只露出海豹皮做的鬓角和眉毛，总算还管用。他还试着在嘴唇上方贴一溜小胡子，但是效果不好，只得放弃。

他只能把自己收拾成这个样子了，可是远远不够。认识他的人还是一眼就能认出他来。这个装扮只能瞒过那些看了第一眼拿不准的人，但是他得在人多的地方赌一把。

他又回到自己的房间待了一会儿，希望她已经来了，就算迟到也好啊，可房间里依然空荡荡的。看来，他只得自己走了。

他做了个深呼吸，拂拂衣袖，自言自语道："好了，出发。"他伸手拧灭了煤气灯。

提拉里街渐渐消失在他的视线中，当初，他煞费苦心地锁定了这条街，现在，它又再一次沉入了过去。

躲避追踪

乘地铁的时候汤森拿了份报纸，把报纸摊开遮住自己的眼睛，避开周围的目光，可是他没法这样去找座位，而那些狭窄的过道又是最危险的。他必须从两排座位间走过，座位上都是些仰着头、无所事事打量着过路人的乘客。他走过去了，什么事儿也没有。命运一定是收起了拳头，准备在前方重拳出击。

从地下来到火车站，比走在地面街道上要安全一些。可当他走进宽敞的候车室时，仿佛广场恐怖症突然发作，他只觉得四周的墙壁仿佛在一千英里以外，他就像是一个人独自行走在这个辽阔的大理石和水泥的旷野上，还有一盏聚光灯对准了他，把他从头到脚照得透亮,跟着他穿越这无边的旷野。他无处可逃。在他周围,在某个地方有一些面孔,正扫视他,仔细地审视他,紧紧地盯着他。

他走到一个卖票窗口,发现不对,又挪到另一个窗口,说:"买一张到新杰里科的车票。"

"一美元八十四分。"

他一边从口袋里掏钱,一边紧张地东张西望。

售票员一直在一块方垫子上敲着手指,汤森把钱都给他了还在敲,他说:"还差一分钱,一美元八十四分。"

"我就这么多了,肯定是算错了,你能不能……"

"你不把钱给够,我可不能把票卖给你。"

"可就差一分钱了呀,只是一分钱,没什么大不了的,我又不是故意不给的……"都怪这该死的假眉毛!要是不弄这些的话,他买完票还会有二十四美分。

"你难道不知道吗,要是钱没给够我就把票卖给你,我会丢工作的!"大概那个售票员也是新来的,也许他们真的不能那么做。

排在汤森身后的一个人凑上来,抓住机会瞅了瞅他,"嘿,你可别害我误了火车,就为了一分钱!还有两分钟就十一点了!"

售票员依然不依不饶地看着他说:"票上多少钱,我就得收多少钱。我不管是差了一分钱还是多少,你想我怎么着?让我掏钱给你垫上吗?"汤森眼巴巴地看着他转身把车票放回架子上。

后面的人稍微挤了一下,忽然把汤森挤到一边去了,离售票窗口大老远,他没法再跟售票员理论了。汤森只好转身离开,他拖着步子沿着卖票的队伍往回走,从人群的空当儿中忽然瞥到那边有一个小小的候车室,里面有一排排长椅,他便偷偷溜了进去,只想离开这个巨大的候车大厅,甩掉那些绝望和无助感。

他绕着小候车室走了一圈,准备坐到最后排的座位上,他谁也不等,但是就打算在这里坐一宿了。

有个人挡在他前面站着,很焦虑的样子。忽然一个声音传来:"快点,我们来不及了!"那人急匆匆地从汤森面前走了过去。这时,汤森看到了一面狭长的镜子,他停下来,看着镜子里的自己,就像在端详一个陌生人似的。他冷冷地看着他的假眉毛。镜子下方,自动售货机的三根拉杆有一个拉杆卡住了,没复位。汤森本能地打了一下,想把它弄回去。

拉杆回到了原位上,忽然,一枚一分的硬币,黑乎乎的用旧了的印着印第安人头像的一分硬币,从下方的小槽口中掉了出来,那里本来应该是掉出口香糖来的。

他拿着硬币转身飞奔回售票口,现在离十一点钟还有四十五秒。

他和售票员两人都怒气冲冲。"这是你要的一分钱,混蛋!"汤森愤愤地说。

"这是你的票,混蛋!"栅栏后的售票员也气急败坏地吼道。

就在检票口关闭的那一刻,汤森冲了进去,他冲下去抓住了车身上的把手，这个时候列车已经开动了，列车员又打开车门让他进去了。

这是当晚的末班车，车里坐满了人。他走过一节车厢，已经没有空位了。他继续朝着车头的方向走，想找个不引人注意的地方坐下来。走到第三节车厢时，他险些铸成大错。

两个细节救了他。

一个是车厢里的座椅都是可以旋转的，可以转向列车前行的任何一个方向。这整节车厢中，过道两边的座椅，此时全都朝向前方，只有一个座位正好相反，唯一的一个座位。这个座位也许是被卡住了，也许是乘客故意要转过来的，方便和后排的两位乘客面对面聊天。

第二个巧合是坐在这个掉过头来的双排座上的人有一个恰恰是露丝·狄龙。也许她没找到别的座位，只好坐在这里，背对车行方向。她旁边的陌生人跟对面的乘客聊得火热，整节车厢中就只有他俩面朝汤森坐着，在汤森跌跌撞撞毫无遮掩地走过来之前，他俩就能清清楚楚地看到他。

她一下子就认出了他，这也说明他费时费力弄条假眉毛完全就是做无用功。她害怕地睁大了眼睛，紧接着又恢复了平静——倒不是她不那么怕了，而是她不敢再盯着他不放，她生怕被人发现了。

幸运的是，车厢门在汤森身后关上的一刹那，他停住了脚步。她只来得及做了两个不起眼的小动作，不小心根本注意不到。她抬起手掌，迅速打了个回避的手势，对他来说，那就是："别过来，别靠近我。"然后她又飞快地看了一眼过道。对于汤森来讲，这太明白不过了，她在说："看我后面，看过道。"

他看过去，在她身后两排对面过道的座椅上，有一个熟悉的身影，熟悉的侧脸和肩膀，熟悉的灰帽——正是在他的另一个人生中不依不饶的追踪者。那人脖子上的青筋绷紧了一下，似乎他马上要回头看，也许是想看看露丝是否还坐在老位子上，要不就是听到关门声想回头瞅瞅。

再往车厢里走一步，汤森就完了。即便此时他正站在车厢门前，他也不能再出去了，车门上半部都是玻璃的，就算他出去了，那人回头马上就能看到他，他根本逃不掉。他用肩膀撞开旁边洗手间的门，躲了进去。关上门的同时，那男人肯定也回过头来，不过他只能看到空荡荡的过道。

列车从一个州进入另一个州，汤森一路上关在洗手间里，难受极了。他背靠着门，一条腿抵在对面墙上支撑着自己。他一路数着，列车经过了五站，期间有三次有人来敲洗手间的门，不过他没开门。他叫那些乘客去别处，他们也不纠缠就走开了，这至少说明敲门的不是穿灰西装的人。不过门一直关着，谁都不让进，这也很可能让人起疑心。

他在洗手间里紧张得大汗淋漓。生平第一次，他彻底丧失了行动的自由。即便是那晚，那些人破门而入闯进安德森大街上的公寓，他也没有被完全困住，至少那里还有个送菜升降机和地下室可供脱身。他现在也不知道车到哪里了，肯定也来不及下车了。洗手间的窗户上方稍稍开了条缝，但窗户很紧，窗玻璃也模模糊糊的。洗手间里也听不清列车员瓮声瓮气报站名的声音。要是他坐过站，超过了票面价，出站的时候，很可能被视作逃票而被工作人员拦下来，接下来他的身份就暴露了。这一切都取决于外面的乘客是否足够警觉，是否意识到一扇本来开着的洗手间门突然关闭，而且在整个行车过程中都一直处于关闭状态。

片刻过后，列车突然停下来，到了第六个站了。他听到洗手间门缝下传来拖着脚走的脚步声。这脚步几秒钟内重复了几次，明显是在打暗号，而不是路过的乘客发出的声音。一定是露丝瞅准了机会，走来走去用鞋跟给他打暗号。

他马上打开门。露丝在那儿走着，背对着他，假装往鼻子上扑粉。她没有转身，而是从镜子里看着他。"是埃姆斯。"她着急地说："他刚从车厢另一头下去了，他不想我看到他。他现在就在站台上。我下车之后，你慢慢数到十，然后离开。你听好，我们只有一分半钟。离这儿不远的地方，有一辆装满了行李的行李车，靠墙停着，这里过去几步就是。就在车窗外，我现在就能看到。你到那里去，藏在车后，不要走开。我想我能甩掉他，要是我没有马上过来，就等一等，我确定甩掉他之后，就马上来找你。你就在那儿等我，别走开。别忘了，慢慢地数到十。"

他看着她消失在车厢连接处的拐角,他走到过道上,听到她的鞋跟敲着列车的金属台阶,他开始照她吩咐的数了起来:一……二……三……

"上车了……"外面站台上传来列车员的喊声。

他刚刚数到十的时候,列车开动了。他现在得往后跑了,要躲到手推车后面去,他不能往前跑,因为手推车已经落在车门的另一边了。就在他冲出车门的一刹那,出站口附近,她发出一声痛苦的尖叫。时机把握得刚刚好。

他脑子很清醒,径直朝行李车那边走去,不过还是忍不住朝她那边瞥了一眼。她聪明地吸引了大家的注意力。

站台上的人都转头看向她那边。一个漂亮姑娘扭了脚,一只手和膝盖着地,痛得尖叫,谁都忍不住看一眼,即便侦探也如此。汤森躲在行李车后面,看到一群人围着她,纷纷对她表示同情,他们把她扶起来,给她掸掉身上的尘土,然后扶着她跟跟跄跄地走远了,而列车的鸣笛声也渐行渐远。这个长长的水泥月台安静下来了,空荡荡的,只有灯光投下斑驳的影子。

一刻钟后,她踩着六八拍的节奏回来了,打破了站台上的寂静。像这样的小站,没有列车到站时候,就是一片死寂。

她走近了,他从藏身的地方望出去,问道:"现在好了?"

"好了。我在广场对面的乔丹药店里要了点碘酒擦在手上。我得找个借口拖延点时间,所以就在柜台上喝了瓶汽水。我从药店的窗口看到他直接回警局了。像这样只有一条大马路的乡下小镇有一点好,就是发生什么事儿你都知道。"

"你怎么知道他下班了呢?他难道不是一直盯着你吗?"

"我一回到这儿他就不管我了。在这里,我不过是一周七天工作睡觉,他对我可不感兴趣。只有在城里,他才紧盯着我不放。他跟我坐同一趟火车回来,可能就是因为下一班车要到明天早晨六点。可他一天都不让我安宁!这次太险了,差点没脱身!我差点没发现他在跟踪我,差一点就把他带到你这里来了。跟你说,丹,当时我一只脚已经上了开往提拉里街的公交车,突然我就看到了他。"她想起那可怕的一幕,叹了一口气接着说道:"幸好他还没发现我已经看到他了。所以,我就装作什么也没看到似的上了车!但我几乎可以感到脚底冒上来一股寒气!"

他疑惑地看着她。

"我只能这样了,他已经看到我上车了,我就不能再倒回去,否则他马上就能看出我想甩掉他,我可不想这样。你看,就算去提拉里街,一路上也会经过瓦特街,所以对我来说并没有什么不同,只不过我知道自己的一举一动都被盯梢了。所以我就在姐姐家那站下车,整个下午都跟他们一起,还在她家吃了晚饭。我从包里拿了些东西送给姐夫,说是特地给他的礼物,这样才掩饰过去了。你知道我一晚上都在哪儿吗?我一直在勒夫剧院里,离火车出发还有一个小时才离开。我得找地方待着,离你越远越好,不管是白天还是晚上，我都再也不敢冒险靠近你了。"

汤森说："露丝，你真聪明。"

他的表扬让她脸红了，她接着说："你能想象我的感受吗，我坐在那儿，看着凯撒·罗摩洛，但从开始到最后我的眼里都是你的脸。埃姆斯可能就在观众席里，但是我没有看到他。我上了公交车后也没见到他，直到上了火车，找到位置坐下，我才再看到他。被人跟踪，还要装作没事儿似的，这比跟踪别人还要难。"

汤森说："他为什么要跟着你？"

"还不是因为你嘛。他一定是预感到我已经见过你了。天晓得为什么呢！有人说警察都是废物，这话可说错了！他们精明着呢，他们不仅知道你在想什么，简直就是魔法师！"

"不，他们不是，"汤森不以为然，"他们就是普通人。"他咬断了一截指甲，把手指扯痛了。他说："他们也会犯错，他们以为我杀了迪德里希，我发誓我没杀。"

"如果你这么说，我也就这么认为。现在的问题是，怎么让你离开这儿去迪德里希家呢？"

"平常你一个人是怎么去的？"

"我会在广场上坐公交车去，直接抵达大门口。但是这个法子对你行不通。"她着急地东张西望，然后说："对了，我回来的时候看到一辆卡车停在车站前面，就在另外一边。司机一定是在乔家饭店吃饭，要是我能弄清楚这辆车是不是跟我们去一个方向，就可以请他们搭我们一程，而且他们也不认得我们。他们不是本地人，只是路过这里而已。你绕着车站外围走，不要横穿候车厅。警察虽然下班了，但是还有个看门的。"

他跟着她在这栋只有一层楼的低矮候车厅的一头转了一圈。她停下脚步，指给他看："看到了吗，就在下面，那就是我说的卡车。"

他钦佩地捏了下她的胳膊，说道："你真行。"

"你给心爱的人探路的时候，不得不行。"她直截了当地说，"他们要出来了，待在这儿别动，等我弄清楚情况，要是他们是走我们去的方向，我会朝你挥手，你就快点下来，尽量别在开阔处逗留。埃姆斯可能会在办公室写大半夜的报告，不过谁知道呢，万一……"

他看着她走了，站在那儿跟其中一个司机说了一会儿话，那个司机还碰碰自己的帽子向她行礼。然后，在一片黑暗中，他看到一只戴白手套的手举起来向他示意。

他迅速地冲出候车厅，穿过车站后面被灯光照得亮晃晃的开阔地带，走进高大的卡车投下的令人愉悦的阴影中。

"现在好了，吉米，"她大声喊着，盖过了卡车轰轰的发动机的噪音，"这些先生们同意载我们一程，好去我们干活的地方。我跟他们说了你丢钱包的事儿，你得坐到车后去，前面只有三个座位。"

他没有走近，只是向坐在她身边的那个穿工装的人影挥挥手致意，对他们表达了感谢。

卡车后的挡板早已放下来了，显然，他们的货已经卸完，准备空车返回。汤森爬上去，往里走到车厢最里面，然后躲在一个三角形的阴影里，他膝盖以上的部分都看不见了。

卡车轰隆隆地上路了，新杰里科的村落几乎看不见了，像灯光斑驳的棋盘一样落在他们身后。此时展现在眼前的是一条长长的磁带一样的乡村公路，两边是漆黑的行道树，偶尔经过一户人家，头顶的夜空中闪烁着星星。

他们中途没有停，他觉得车开了足足有三四十分钟，但实际并没有这么久。期间有一辆小车从后面超上来，让他不舒服了一小会儿。那辆车从后面驶过来的时候，灯光在卡车车厢内壁上打出一个大大的黄色圆形光斑，正对着他。然后，小车超车的时候，灯光开始朝他的一侧移动，照亮了他的腿，接着是他的身子。他蹲在地上，两手抱膝，头埋在膝间，仿佛他坐着睡着了一样。小轿车从外侧超车开过去后，他才站了起来。

五分钟后，卡车颤动着停了下来，在发动机的隆隆声中，她听到露丝在喊："多谢了，先生们，你们真是帮了我们大忙。吉米，你下车了吗？"

他从车挡板上翻身跳下来，不一会儿，就只剩下他俩站在带着些许汽车尾气的路边。她拍拍髋关节，在狭小的空间里坐久了身上疼得很。

"刚才我的心都提到嗓子眼儿了,刚才你看到那辆车里是谁吗?"

"我低着头呢。"

"是比尔·迪德里希和阿尔玛·迪德里希!我认得那辆车。看看他们干的好事!我外出的时候他们本该待在家里照顾老爷子的!天哪,丹,这简直就是犯罪!你知道,家里除了这个可怜巴巴的老人就没别的人了,而那个疯妹妹阿德拉,要是她出了自己的房间,天晓得她会对他做什么呢。什么事都可能发生,一个短路就能引发一场火灾呢……"

也许,汤森暗自心想,就算那样,他们也不会太难过。

露丝指着他们身后不远处依稀可辨的一段柏油马路,说:"这就是我来的路。快点,我们赶紧离开这里,别被人看见。前面还有好长一段路呢。"

他忍不住回头朝那个方向看去,迟疑了好一会儿。谋杀案就是发生在那边。那里肯定有一块随风晃动的告示牌,他猜测上面写的一定是:私人领地,禁止通行。

他们穿过马路,跟马路保持着相当的距离,她带路,两人一前一后地沿着路边走着。"其实还有一条近道,"她说,"从他家房子经过,直接通往那个小屋,但是我不想带你走,要是他们刚好在我们之前到家,他们还没睡觉,从窗口就能看到你了。"

他们已经离开大路走得很远了,她还是一直走在他前面。这一带都是迪德里希家族的地产，简直有一个小郡县那么大。

她终于停下了脚步，说："这是他们的界标了，你看到了吗？那棵树树干上漆的白色圆圈。我们就从这里穿过去，前面有一段没有路，我们只能凭着感觉走，然后我们会回到那条我说过的路上，拐过一个急弯，我们顺着路走，就能走到地方了。"

他走在前面，以免她被灌木丛划伤或者脚下不稳跌倒，她则在他身后，给他指点方向。

"他们怎么不给庄园装上围栏？"他问，"像这样敞开着，不就是谁都可以进来吗……"

"太抠门了呗，我猜。他们自从彼得·史蒂文森那个时代起就有这片庄园了，你知道这些名门望族是啥样，他们的日子跟我住在瓦特街上的姐姐也差不多。不到万不得已，他们才不会花一个子儿来维护呢。说不定老爷子愿意，要是他能说清楚话的话。"

又走了几分钟，他们意外地走到了一条狭窄的土路上，这条路上落满了树叶和树枝，不仔细看几乎辨认不出来。"从现在起接下来都很好走了。"她说。

这条路经过了一幢两层小楼，这是已经废弃了的看门人的小屋，一楼是粗糙的卵石和水泥混合砌起来的，二楼是木屋，房顶是倾斜的。屋子的窗户都没玻璃了，房子的大门底下跟地面齐平。他们在房子前停住了脚步。

"丹尼，给我一根火柴。今天下午我走的时候在门里留了一支蜡烛,就在地上。"

"找到蜡烛了?"

"先进来,把门关上。"

黑暗让他们感到窒息。然后,一丝火柴的光在她的指间闪烁着,接着变成了蜡烛的火光,仿佛晃动的触手,伸到房间的各个角落,将他俩笼罩在昏黄的光晕中。烛火照亮了整个一楼大半个房间,但是角落里还是黑的。

"你怎么上楼的?"汤森看到天花板一头有一个黑洞洞的敞口。

"上不去的。以前这里有一个梯子,可以搭着梯子爬上去,不过肯定有人把梯子拿走了。这房子太老了,不知道楼上的地板还能不能承重呢。你得待在楼下,丹尼。"

"窗户怎么办呢?"

"我尽力把窗户遮挡好了。面朝主屋的窗户,我从地下室里找了一张破台球桌的绿毡垫缝好了,后面的那些窗户只能让它敞开着。不管怎么样,你在这里,从主屋那边是看不到的,不过你要留心的是在外面路上走动的人,不要让他们看到这里的光亮。我在这里忙活了整整一周,每天藏点东西在老爷子的轮椅下面,带到这里来。"她微微一笑,"有时候他坐得比平时高了六英寸,幸好还没人发现。每天我把他推到这里,给他读上一两个小时的书,只要老人离开了他们的视线,他们才不管我把他带到哪儿去了呢。他们就是这样对他的。"

她指着平放在地上的面粉和土豆袋，上面铺了一条对折起来的毯子，说："丹尼，我最多就只能给你这些了。这条毯子是我自己用的，我还想把我的床垫也给你，可是太大了，我要是搬到这儿来，肯定会被发现的。"

他把她拥入怀中。他们搂在一起默默地站了一会儿，他不知道说什么好，不过她似乎很满足了。

"我现在得回去了。"她说。

"你能进去吗，必须叫醒他们吗？"

"我自己有钥匙。"

"要不要我陪你走一段？外面那条路太偏僻了。"

"不！我费了这么大劲才把你安全地带到这儿来，我没事儿的，这里从来都没人来。把蜡烛熄了，等你关上门了再点燃。"

他陪她走出去，走了几步，说："我什么时候能再见到你？"

"每天早晨十一点左右，我会把他推出来，到时候我会悄悄过来。"

"小心点，别冒险。"他看着她走上那条小路，直到夜色将她完全吞没了，他才转身回到室内，关上了门。

他重新点亮了蜡烛，看了看这昏黄的烛光里的屋子，他脱掉外套，卷起来当作枕头。他冷冷地笑了笑，轻声地念道："出海的杀手已返乡。"

再遇故人

他醒来的时候睁开眼,感觉像是在一个洞穴里,周围都是一片幽蓝。在地板上睡了一夜,他浑身的骨头都在疼,脖子好像彻底扭了一样。他把当枕头的外套摊开来,手伸进袖子里,重新穿上。然后,他拆下她用图钉钉在窗上的绿毡布,要是外面有人看到了会起疑心的。

这里没有自来水,他得去外面找水。外面是一片树荫浓密的草地,树与树之间的空地上洒满了阳光。几只白蝴蝶互相追逐飞来飞去,这是他目力所及唯一生动的事物。迪德里希家的房子根本就看不见。

最后他找到了水，这都不像是一条小溪，水流细得跟一根绳索似的，不过水倒是清凉干净。他洗了洗脸，用手捧着喝了几口，然后又将一个空壶灌满，回去煮咖啡。

露丝似乎把其他的一切都考虑到了。她带来了咖啡、听装牛奶、培根、豆子，甚至还有一罐糖。在主屋那边的厨房里，这些东西接二连三地不见，他们肯定会觉得是见鬼了。露丝还在房间的一头用卵石砌了一个炉子，他找了点树枝和干草生火，火很小，他就在这上面慢慢地加热咖啡，不敢用大块的木柴，以免烟囱冒出的烟会暴露他的藏身地。

他就着一罐微温的水摸索着刮了胡子，还是用的从提拉里街带来的搁在胸前口袋里的剃须刀。忽然，在一片寂静中，他听到一阵断断续续的沙沙响，就像是外面有什么东西在地上滑动。

他跳到门口，蹲下身，从门缝中往外看。原来，是露丝正推着那只橡胶轮的轮椅从小路上走过来。

他走出去，睁大了眼睛。轮椅上坐着的仿佛是一个用粉色面团精心揉捏出来的人偶，毫无生气，唯一在动的就是他的眼睛。这双眼睛与身体形成了鲜明的对比，有那么一会儿，汤森甚至觉得，露丝推着的仿佛只是两只眼睛，就像一辆车的两个头灯，高高地悬在座椅上方。

他们彼此静静地凝视着对方，气氛有些紧张。这两人，一个仿佛是人类设计师的成品，一个只是一张草图而已。

露丝用一种对孩子、可怜人和哑巴说话的单纯口气说道:"瞧,是谁来了?是不是你的老朋友又回来了?你见到他高兴吗?"

那双眼睛似乎并没有变得更亮一些,不过看得出他正努力打起精神。

接下来她用更温暖关切的语气问道:"还顺利吗,丹尼?"

"一切顺利,露丝。你真是太周到了。"

"昨晚一整夜我都没怎么合眼,我太担心你了。"

"为什么呀?"

"把你带到离他家这么近的地方,我越想就越觉得这太疯狂了。你上周说服我带你来,可是……唉,这地方你真该离得越远越好!"

他滑稽地笑了笑,没有回答她。他第一次看到她穿着工作服的样子,其实还谈不上是什么制服,不过是个意思罢了。她穿着一条面料挺括上了浆的黄裙子,两条背带在胸前交叉,连着腰间的小围裙。这样打扮更好看,他想,这就不再是瓦特街出租屋里的那个邂逅姑娘了。

"哎,他在等你问好呢。"她弯下腰,同情地看着轮椅上的人说道。接着她有点悲伤地催促道:"别让他失望,丹尼!看,他正在求你呢!我知道他在想什么。"她又俯身向前,手撑在自己的膝盖上,笑了起来:"你还记得吗,你以前常常对他说脏话?周围没有人的时候,你会大大地显摆自己的口才,把那些脏话全都用在他身上。你倒不是真的尖酸刻薄,或者真的讨厌他,相反,你只是用这种懒散好脾气的方式来表达。可是你说的那些话啊！"她一边回忆一边咯咯笑了起来，"这就像是你俩之间的暗号，他还很受用呢，我猜你是用这种方式来表达对他的善意吧，来，跟他打个招呼吧，我回避。"

露丝松开了轮椅的扶手，转过身，走到了一边。轮椅上的那双眼睛闪闪发亮。

这一幕本该非常滑稽可笑，但汤森却觉得有点辛酸，甚至是悲痛。他觉得十分无助，心里充满一股莫名的悲伤。

他用两根手指捋了捋衣领，咽了口唾液。一开始，他犹豫着，小心翼翼地骂着，后来，就越来越流利了，这简直就是一场精彩的表演。

待露丝回来的时候，老人的眼里闪烁着喜悦的光芒，而汤森正在擦拭额头的汗水。

"这太棒了，对吧，他喜欢你骂这些脏话吗？"她小声说。

后来，他俩分别坐在轮椅的一边，汤森突然说："他怎么一直这样眨眼睛呢？"

"一定是阳光晃眼睛了。"她将轮椅稍微调了一个角度。

"阳光没有照在他眼里。"他说。

她往前凑近看了看，说："现在没眨，刚才肯定是晃眼睛了。"

汤森又抽了一会儿烟，静静地看着老人一动不动的脑袋。他低声说："他又眨眼了。"

"可能他的眼睛使用过度，不听使唤了。"说着，她同情地用手指捂住了自己的嘴巴，"可怜的人儿，全身上下能动的就只有这双眼睛了。"

她又坐回到原来的位子上，他皱了皱眉说："他一看到你在看他，他就不眨了。他好像只有在我看着他的时候才眨眼。"

"可能他只是想告诉你，他再次看到你有多高兴吧。除此以外，他还有别的表达方式吗？"

"他不是高兴，"汤森坚持道，"他的眼角有泪水。"

"是的，他是哭了。"她说道。她从轮椅一侧的口袋里掏出一条手帕，小心翼翼地擦了擦老人的鼻梁两侧，"他想要你做什么呢？"

"我不知道。"他无可奈何地说。

"你一定是哪里让他失望了。"

让他失望了，他想，让他失望了，可是谁能告诉他是什么让老人失望了呢？他们三个人中，唯一一个明白怎么回事的人却无法开口说话。

回主屋的时候，她为自己一个劲儿的担心感到很抱歉，当然，她这样道歉显得傻乎乎的："我不想看到他哭。别哭了，好吗，埃米尔先生？丹尼上次来看你是很久以前的事儿了，他不可能事事都记得，"她又转过去对汤森可怜巴巴地说，"你以前是不是常常从口袋里拿出什么东西给他，像果冻啊，止咳糖之类的？"

"我不记得了。"他老老实实地说。

踏入过往

天黑之后已经很晚了,突然响起了一阵轻轻的敲门声,让他一惊。他正对着黑乎乎的壁炉坐着,静静地抽着烟,都没有听到任何脚步声。突然听到敲门声,他用手扇灭蜡烛,从坐着的箱子上起身,站在那儿,全身紧张得一动不动。

"丹,"仿佛是外面的夜风传来的声音,"是我。"抑或,是错觉?他走到门边,把抵在门口的椅子挪开,放下手中用来自卫的短铁撬。

"他们四十五分钟前出去了,我已经安顿好埃米尔先生睡觉,这真是难得的好机会,我必须出来看看你怎么样了。另外,怕你的食物不够,我又带了一些来。"

"我怎么没听到你的脚步声？"他一边问，一边帮她把纸箱子拿进屋。

"可能是因为我穿的运动鞋吧。听着，丹，我必须提醒你，你最好用什么东西把蜡烛罩上，不要让光照着小路那个方向，我刚刚一拐过弯就清清楚楚地看到一丝黄光，窗框下肯定有缝，要是被别的人看到了……"

他好像有点心不在焉。"他们去哪里了，你知道吗？"

"不知道，我没听见他们说。"

"他们开车了吗？"

"开了，但是这说明不了什么，从这里去哪儿都得开车，怎么了？你在琢磨什么？"显然，她不喜欢他此时转换话题。

"现在他们不在，我想你带我去那儿。露丝，我想你带我去看看那房子。"

听到他这疯狂的念头，她突然大惊失色。"不，丹尼，不！不能！"

"你刚才说他们出去了，不是吗？"

"但是这也说不准，他们随时都可能回来。要是他们突然撞上你怎么办？拜托了，丹尼，不要这样。"

他以一种冷静、不容辩驳的口气说道："露丝，带我去，我要去。要是你不带我去，我也会自己去的。"

"你这个疯子，"她一边伤心地说，一边跟在他身后跟跟跄跄地出了小屋，关上了门。黑暗中，他们肩并肩地走在路上，她不满地嗔怪道："在这附近逛，迟早会出事！你真该趁早离得远远的，越远越好，你这样下去，会越来越糟，我真不知道我干嘛还要替你操心！"

"我也不知道，"他握紧她的胳膊，说，"但是感谢上帝，你为我做的这一切。"

他们终于走近了，清湛的夜空中，云朵仿佛被月光镶上了银边，迪德里希家的房子也笼罩在一片柔光中。"就是这儿了。"他低声说。她颇有点惊讶地看了他一样，她可不知道这是他第一次来。这就好比最后一卷胶卷没被冲洗出来，他还没有机会看任何一张照片呢。

跟着她走到了大门口，他的背脊骨一阵儿发凉。此时此刻，他终于要踏入神秘过往的核心地带了。

她掏出钥匙开了门，然后不耐烦地戳了一下他，让他赶紧走进去，她担心地回头看看，说："快进来，先别开灯，站到一边去，别让人从窗户看到你。"

灯亮了，他第一次低头看着谋杀案发生的地方。他，汤森·弗兰克，第一次看到丹·尼尔林实施谋杀的犯罪现场。

这个房子一定历史很悠久了，颇有些破败，让人感觉到一种沉闷压抑的气息，就好像这里的世世代代都没有过欢笑似的。与其说这里充满了强烈的恨，不如说是冷漠与无奈的绝望。空气中飘着一股淡淡的诱人的栀子花香，若有若无，你仔细闻却闻不到，不经意间那香味又向你袭来。

露丝点亮了左边房间的灯,说:"这是哈里先生的书房,还记得吗?"他看到她的目光落在嵌在墙上的一个上了漆的金属板上,然后又尴尬地挪开。他知道她在想什么:这就是墙上的保险柜,别人说他从这里偷了钱。

她关了灯,他们侧身穿过门廊。"这就是起居室,跟你在的时候一样。"他们往里走了几步。"他就在这儿,你想见见他吗?"她点亮灯。老人正躺在一张又宽又大的床上,床太大了,他就像是被淹没了,他仿佛缩水了,就像一个小小的破布娃娃。他闭着眼,睡着时候的面容看上去比醒着的时候更自然。至少他还有一张正常的睡脸,而不是醒着时戴了面具一般。轮椅就紧挨着床放着。

"现在,每天晚上我们都是把他安顿在这间空闲的小起居室里,跟你以前在的时候不一样了。轮椅太重了,每天要搬上搬下两次我实在拿不动。"

"你照顾他睡觉吗?你怎么给他脱衣服呢?"

"唉,我不给他脱衣服,我知道这样不好。每天他上下床都是我来抱,对了,他不太重。我们就是让他睡在这种法兰绒似的袋子里,就像一个睡袋,白天他醒的时候,我就只是给他搭上睡袍和围巾。比尔先生两三天给他换一次内衣裤,但是我必须要经常提醒他。人老了无法自理,一切都要依赖他人时,日子真是很艰难啊。"

就在她伸出手去关电灯、汤森转身的一刹那,他仿佛看到老人原本闭着的双眼睁开了,正盯着他俩,不过接下来一片黑暗,他无法再看真切了。

他们又出来了,他站在楼梯下。"别上去,丹。"她恳求道,"要是他们突然回来了,你就逃不掉了。楼上只有卧室,没什么可看的。"

"那是什么?我好像听到有人在楼上走来走去。"

"是阿德拉小姐,你知道,她……"她用手指在额头划了个圈儿,"她从来不睡觉,总是在她门口走来走去偷听,尽管没有什么可偷听的。我不知道他们为什么把她留在家里,而不是送到精神病院去。我每次上来给她送饭,她都藏起来,等我走了她才出来。我也从来没进过她的房间,跟哈里先生以前一样,比尔先生总是随身携带她房间的钥匙,也不让别人有钥匙。"

"她接受过检查吗?外面有人来看过她吗?他们怎么知道她是真的疯……"

"他们说很多年前医生来看过。他们说现在已经没用了。"

"'他们说',"他生硬地重复道,"所有人都知道,他们这是谋杀,却逍遥法外。"

"我曾经想过,也许是她杀的人。你知道,我得努力不让自己相信那是你干的。除了你和可怜的老爷子,她是当时唯一在家里的人。可是……"她无可奈何地垂下手臂,"他们回来的时候,她房间的钥匙还在哈里先生的身上,而房间门是从外面锁上了的。"

他们从楼梯旁边的一道门走进了餐厅。玻璃穹顶下的一碗蜡质水果模型似乎一直都在那儿，后面的两扇门紧闭着。

他走到那道对开的门口。

"你想进去干嘛？"她小声说着，拽着他的胳膊往回走，"那里有什么好看的？"

他已经把门推开，点亮了灯。"看一眼没啥大不了的。"他满不在乎地说。

她不情愿地跟他在身后走进房间。门玻璃板上挂着深蓝色的百叶帘，大约每三块玻璃板就有一幅百叶帘，有一块拉高到天花板上了，就像遮阳篷似的，可以用下面的拉绳调节。这些百叶帘到处都是补丁，有一块上面有个小小的菱形口子还没补上。

房间地板上铺的是老式的马赛克瓷砖，满是灰尘。屋子里有两把柳条高背椅和一张柳条沙发，房间里还有一张又长又矮的桌子，桌面是砖铺的，很明显，以前这桌上放了许多盆栽植物和鲜花，现在上面什么都没有了，只有墙角吊架上的几个花盆里还挂着几株绿色藤蔓植物。

"他当时就是坐在这儿？"

她的脸皱成一团。"丹，别这样说……说的好像你不知道似的！"她想捂住耳朵，他把她的手拉下来。

"别看了！走吧！"

"哦，我还以为这是钉子生锈留下的纹路。"

"都这么久了，真不知道他们怎么还不把它扔掉！"她生气地说，"我真不知道他们干嘛还留着它。"接着，她又平静些了，"不过，从那以后再也没有谁进来过。这是我第一次走进这里。"

"我也是第一次。"他难过地低声说，然后他们走出了房间。

她又重新关上了挂着蓝色百叶帘的玻璃门，那门吱嘎吱嘎地响，关上又开了两次，她只得用力将门合上。

他站在那儿，陷入了沉思。她走上前，将她的脸贴到他胸前，说："丹尼，丹尼，你为什么要那样做？他说你从保险箱里偷钱，你肯定是疯了。你为什么手里拿把枪？要是我们能把那个下午发生的事情抹掉多好，我是那么爱你，我现在还是爱你，但却不能拥有你了。"

他只能看着她伤心，却无言以对，他找不到可以安慰她的话。她抬起头，说："好了，丹尼，你得走了。你在这儿待得够久了。"

他们又走下楼梯，来到门厅。他走在后面，点了一支烟。她走在前面，将大门开了个窄窄的缝，往外看去。她觉得有点不对劲。忽然一个巨大金黄的光晕打在她身上，然后传来了刹车的声音。就在露丝关上大门的同时，外面的车门也打开了。她飞奔回去，上气不接下气，语无伦次地说："我跟你说过的……那个车……他们回来了！"

她推着他走到楼梯的另一侧，把他推进黑乎乎的餐厅。"到后面去！到后面去！从厨房门出去！"然后，她一动不动地站在那儿，看着门厅的尽头,因为此时,在大门那头,一把钥匙已经在门锁中转动了。

他只摸索着往前走了几步,那边的大门就打开了。他在黑暗中走着,腰碰到了桌沿上,桌子挡了他的路。他绕过桌子,找到了门,打开门,他觉得那里面就该是厨房了。他的额头又撞到了架子上,架子上的玻璃和瓷器发出乒乒乓乓的声音。

他试着后退几步,这次没有碰到东西。这一次,他的后腰又撞到了桌沿上。他赶紧蹲下来,不敢动弹,一只手抓着桌边。他现在被困在完全漆黑陌生的房间里了。他不敢再动,生怕又碰到什么东西暴露了自己。

外面,传来一个烦躁的女低音的问话:"刚才是你在往外看我们吗?"

露丝一定是点头承认了,因为他没有听见她的声音。

"那你干吗不把门打开,省得我还找钥匙?你怎么怪里怪气的?"

露丝说:"我想我一定是睡着了,阿尔玛小姐。而且车灯把我的眼睛照花了,你知道突然醒来那种迷迷糊糊的感觉。"

"看来我们得给你配一副茶色眼镜了。"她没好气地说。

汽车的呜呜声又移到了车库那里,然后消停了,车门哐当一声关上了。

那个女低音再次响起来的时候,感觉更近了,她一定是穿过门厅走到了房子后面,昏黄的灯光下,一个人影从餐厅门口一闪而过。"电影难看死了,我们在酒吧喝了几瓶啤酒。"她跟跟跄跄地走着,他听到她上楼时踩空了一级台阶,她还喃喃地自言自语:"椒盐卷饼和啤酒!椒盐卷饼和啤酒!天知道那只猫吃了多少钱!我在上海自由自在的时候,日子还过得好些!"楼上的卧室门砰的一声关上了。

她有点脑子不清醒,今晚没事儿了,可她明早醒来会不会想起露丝回话时的前言不搭后语呢?她会起疑心吗?

大门关上,上了门闩。又有一个人进来了,他的心情跟之前的那个一样。汤森听到他咕哝着:"回来啦,明天按时叫我起来,我要给奶牛挤奶。"

汤森听到一阵儿扭打声,他听到露丝厉声叫道:"够了!"然后,他听到一阵窃笑,楼梯上传来沉重的脚步声。

汤森站起身,绕过桌子走了出来,正好撞见露丝侧着身子走到厨房里来。她还以为他早走了呢。"丹尼!你在这儿干吗?你怎么还没走?要是他们中任何一个回来喝水或者拿东西什么的,撞上你怎么办?他们每次出去喝酒回来,第一件事就是找水喝,幸好今天他们没有!"

"我找不到出去的路,里面黑乎乎的,我头都晕了。"

"这边走,你怎么回事啊!"她催着他赶紧离开,带他走到一个屏风前,之前他都没有看到这个屏风。"求求你,快走吧,丹尼,今晚冒的险还不够多吗?"

他走到外面,在黑暗中,她在他身后嗔怪道:"我真是不明白,你怎么这么糊涂,连出来的路都找不到了。"

走了一段路,他才放松了,心里暗暗说:"因为我从来就没有去过那儿。"

近在咫尺

小路转弯的地方有一棵树倒在地上，他们把这棵树视作安全地带的界限，他不能冒险跨过这里，他们也把这里叫做约会点。他一直都是走到这里，等着她从小路那边走过来。

通常，她会沿着一条光影斑驳的小路走来，前一分钟，明亮的阳光透过树叶在她身上落下黄色的光斑，紧接着就成了清凉的蓝色阴影。他总是很愉快地看着她从远远的那一头慢慢走来。坐在轮椅上的老人，无论是阳光还是阴影，总是先落在他身上，稍后又落在她的身上，交替出现，从来不会同时落在他俩身上。

她大老远就会看到他，因为他从来不打算藏起来，他就毫无遮拦地站在那儿,她则总有些小动作。一开始,她会警觉地看看身后,确定没有被跟踪,也没人看到她,然后她把手举过头顶,朝他挥挥手,就两三次。她的挥手仿佛传达着某种含义,像是远远的充满爱意的飞吻。最后,他三步并做两步地朝她走去,她都总会摇摇头,叫他退回去,总是在相会时斥责他。

"我跟你说了别这样!你已经走出来太远了!说不定有一天,我们都没注意到,有人就在这周围溜达呢,这只是迟早的事!"

不过他现在可没功夫去担心这个,他脑子里在想别的事呢。

他先仔细看了看老人。老人的眼睛一直对着他眨个不停。"他又在眨眼睛。"他对她说,话音里带着欣慰。

"他在家里可没对任何人这样做。自从你让我留心之后,我就一直仔细地观察呢。"

"你没跟其他人说起这事儿吧?"

"当然没有,你在想什么呢!"

他们到了小木屋门口,他说:"你把我要的东西带来了吗?"

"今天早晨我去了一趟村里,你要的东西我都放在椅子下面了。"她把那些东西递给他。"这是一叠纸,这是铅笔,还有可以放在口袋里的记事本。这是你要的吗?我很仔细地看过了,这个记事本的前几页印着这些信息:有四十八个州的大写名字,潮汐,月亮,生日石,防暑和蛇咬后的小贴士……"

"好了,我不要这些,我要的是……"他飞快地翻着本子,说道,

"对了，这就是了。现在我要把他带到屋内，你站在外面替我望风，留意小路上的人。你能在外面待多久就待多久，时候到了你就告诉我。"

她脸上露出失望的神情。如果说一个年轻貌美身体健康的姑娘有理由吃一个从头到脚都瘫痪的风烛残年老人的醋，那么她现在的神情差不多就是了。她说："可你们要做什么啊，你还没有告诉我呢！"

"我想试一下，如果实验成功了，我会告诉你的。如果不成功，又何必现在说出来让你担心呢。"

他推着轮椅进了小木屋。从那时起，就再也没听到里面有什么动静。怎么可能有声音呢？不管他怎么跟这个活死人交流，都是不会发出声音的。

一个半小时以后，她走进来，在门口站了一会儿，疑惑地看着他俩。只见汤森将老人的轮椅转过来，让外面的光线打在他的脸上。他将她买来的速记本摊开放在膝上，专注地看着老人的眼睛，一边飞快地在本子划着什么，写完一页就迅速翻过去，他写了一页又一页。

"你在做什么啊，记录他怎么眨眼睛的？"她大叫道，"这有用吗？你有什么发现了吗？"

"现在还说不好。我只是尽力把这些都记下来。"

"怎么才知道他的意思呢？他每次眨眼不都一样吗？"

"这也是我想知道的。如果他每次眨眼都是一样，那我就是在浪费时间。可是他一直在眨眼睛，他一进这屋子，他就不停地眨眼睛。这里头一定有什么特别的含义，我就是想要弄清楚。今天晚上我一个人的时候，我要好好琢磨……"

"丹，我现在得带他回去了，我尽量给你时间了，我们早该回去吃午饭了，我不想他们起疑心，他们会纳闷我为什么在外面待了那么久。"

他站起身，推着轮椅出来，对她说："要是可以的话，今天下午你再把他带来。"

"可是，就算你从他的眨眼中知道了什么，那又有什么用呢？"

"也可能什么意义都没有，"他说，"但他要是有什么想要告诉我，我就肯定要弄个一清二楚。"

"别再往前走那么远了，他们有可能会出来找我。我现在回去已经晚了半个小时了。等等，我想到了一个好办法。"说着，她将手腕上的廉价手表往回调了一点。"现在，我的手表就慢了半个小时了。"她飞快地亲了一下他，然后从他手里抓过轮椅扶手，说："坐好了，埃米尔先生！恐怕回去的路上有点颠！"

汤森站在那棵树边，看着她沿着林荫道走远了。现在，阳光的光斑和阴影再也不是缓缓地交替落在她的身上，她跑得那么快，光影在她身上留下了一条连贯的模糊的线条，就像虎皮上的条纹。

忽然，小路的尽头上什么也看不到了，她不见了。

她那天下午又来了,但是比通常来的时间晚了很多,他都以为她不会出现了。他一见到她,就知道她被吓坏了,肯定有什么事让她非常惊慌。他朝她走过去。

"怎么了?出什么事了?"

"她的反应让我觉得很不安。我怕我们马上就有麻烦了。我确定,她一定发现了什么!"

"怎么了,她说什么了吗?"

"她用不着说什么。我现在已经非常了解她了,她什么都不会说的。她自有她的一套法子,所有的蛛丝马迹都逃不过她的眼睛。她不会给你任何警告的。要不是我听到楼上她房间里的淋浴声,我还不敢到这里来呢,我知道,等她洗完穿上衣裳,还要两个小时呢。丹尼,我们得做点什么,你最好离开这里,等到……"

"嗯,你为什么觉得她起了疑心呢?"

"我把老爷子带到餐桌上的时候,她已经吃完饭在吃甜瓜了。我找了个借口,说我的手表慢了,她一句话都没说,然后她站起身准备离开,推了一下桌子,我还没反应过来,她已经走到他的轮椅边了,拿起那本这几天我一直带在身边假装读给老爷子听的书。其实这不过是个马虎眼,我一直都没有读给他听呢。我挑了一本厚厚的书,《战争与和平》,这样,我每天与他在外面待那么久,就显得合情合理了。这本书里有那种老式的丝带书签,你知道的,读到哪一页了就把丝带夹在哪一页。天哪,她打开书看了看,然后说：'你读得真慢啊，露丝，太慢了。'她的眼睛死死地盯着我，天哪，丹，那眼神简直像两把匕首向我捅来，'也许，你是倒着从后往前读的吧。'然后她就走出餐厅了。后来我才发现，那本书打开的地方，那一页上有一个小小的口红印，很小，你几乎注意不到。是她弄的。她一定是几天前就做了这个记号，我就像个傻子一样，这么多天了，书签一直夹在这一页，没有动过。"

"这可不妙。"他缓缓地说。

"那我们现在怎么办，丹？我觉得我们没有多少时间了。我很怕她，而且快要下雨了，到时我就没法再带他出来了。"

"好的，我会尽快，看看今天下午再来一次能不能弄完。"

他的眼睛盯着老人的脸，刚刚要在本子写，忽然露丝就又冲进来，她发现了什么，语无伦次地说："天哪，丹尼，她来了！朝这里过来了！快把他给我，快！"她几乎要推翻轮椅了，倒退着把轮椅拽出来，他跟在后面往外走。"不，来不及了，别出来，你在树林里她肯定会看到的，她马上就到了……"

他两只胳膊赶紧将散落的纸张围拢，解开外套，将这些笔记全都塞在衣服里，扣上扣子，看上去胸口像鼓起了一个包。通往二楼阁楼的梯子没了，他没法上去，就走到门后，门是朝里开的，靠墙。

露丝刚刚坐到小凳子上，把书打开到那一页，就有人闯进来了。

也只有一个女人才能有这种恰当的即兴表演。"啊，阿尔玛小姐来啦，看到了吗？"她轻声对着她的病人说。"她来看看我们在做什么呢。"

短暂的沉默之后，一个熟悉的沙哑的女低音在露丝身边响起："嗯，对呀，你们在干什么呢？"

"哦，几个星期前，我有一天偶然发现了这个地方，觉得这里很安静，"露丝说着，又紧张地解释道，"你还记得之前的那场大雨吗？那天我走得离家太远了，不能及时赶回去，为了躲雨，就拼命跑到树多的地方……然后我就看到这个小木屋，真是再合适不过了。从那以后我就常常来这里。"她这话说得很没底气。

"从那以后就没下过雨了，"那个声音干巴巴地说，"对吧？"

他听到露丝笑了笑，想缓和一下对方的敌意，她装作很迟钝，没有明白对方的言外之意。眼下露丝没有别的选择，只能这样了。"天太热的时候，到这里来很方便，我就把他推到这里来，免得被大太阳晒。"

"外面的树荫也很多。"对方冷冷地说。过了一会儿，又加了一句："这屋里有什么？"这明显是在考验这姑娘的反应。这一招还真奏效了。

他突然听到啪的一声闷响，书掉到了地上，露丝的声音一下子变得很尖，她没来得及掩饰自己："噢，里面没什么可以看的……"

这时门槛吱嘎响了一声，有人踩了一脚在上面，然后停住了。她打量着里面，不过她也十分清楚不用走到屋子很里面来。

露丝还在她身后对她说话,想转移她的视线,她马上就要发现什么了。"我放了些零食在这儿,从厨房带了些东西过来。"她的自嘲听上去是那么无力,"我不知道为什么下午我总是那么容易饿!肯定是肚子里长虫了。"

"我听说过那种病,"那个声音说,依然跟之前的一样冷冰,"得了那病,一个人能吃下两个人的饭量,对吧?"

她还站在那儿,打量着屋子里的一切。一个人不会对着一个废弃的棚屋里面看那么久,除非知道里面藏着什么秘密。

一阵栀子花香的香水味钻过门缝袭来,门板压到了他的鼻子上,即便他很想逃开,他却压根儿不敢挪一下身子。

他们隔得如此之近,居然都没有听到彼此的呼吸声,也真是奇了怪了。她为什么一直站在这儿不走呢?她就不想走走看看吗?还是她已经料到,最好还是什么都别看?这样一来,似乎更危险了。

她又开口了,话里藏刀地说:"真像一个家呢。"

她的脚尖踢到了什么东西,传来一个刺耳的声音。"你在这里过家家,好像还挺自得其乐的呢。"

露丝现在已经完全冷静了,可她的回答听上去依然十分可笑:"把这个破旧的地方收拾出来,的确挺有趣的,你会觉得这就好像是你自己的家……"

"就像特里亚农宫的玛丽·安托瓦妮特一样。"然后,那话音里发生了一丝微妙而难以察觉的变化,"我总在想,她在那里遇到了谁。"

然后,两个女人都没有再说话。

只有她的呼吸声告诉他,她还在那儿没走。忽然,一个粉嫩的巴掌拍在门框上,几乎就要摸到他的脸上了。她的手指抓着门框,好像马上就要把门扯下来似的。

她的指甲像一把把猩红的黑曜石匕首,其中一个手指上戴着一枚戒指,距离他的眼睛那么近,近得那中等大小的钻石在他眼前变得模糊不清,仿佛有核桃那么大。

他没法挪动一下脑袋以便离她的手远一点,门后的空间太小,他根本没法动,甚至她收回手的时候,她的指甲都很可能划到他的脸。

不过还没有碰到他,她的手距离他的脸只有几毫米远,要是他今天没有刮胡子,她的手多半已经碰到他脸上的胡茬了,可见他俩多近。

她是看到什么东西了,注意力被转移了过去。要是他知道那是什么东西的话,他宁可她就保持这样的姿势不动。

"这玩意儿不是早该生锈了吗?"

他听到轻轻的叮当一声响,她又把什么东西扔在地上了。

是他的剃须刀片,他放在一张纸上晾干的。他暗暗在心底里骂自己。

门槛又吱嘎响了一声。她出去了。那近在咫尺的压迫感终于消失了，他觉得自己的腹部因为屏住了呼吸都胀鼓鼓的，汗水顺着他的鼻翼往下淌。

门口又传来她的话音。"我跟比尔说过，他早就该装好围栏，像这样到处都敞开着，谁都可以跑进来藏着。就算是大白天的，我也一点儿没安全感。何况，那个男人还没抓到呢。"

"哪个男人？"他听到露丝老实地问。

她带着指责的意味含糊地回答："你知道我说的是谁。丹·尼尔林，谋杀了我丈夫的凶手。"

露丝没有再吱声。

"唉，我现在得回去了。我挺好奇，这里有什么吸引着你，让你天天都来。我不止一次注意到爸爸的轮椅留下的痕迹，都是朝这个方向——我想，你还要再待一会儿吧，亲爱的。"她吐出最后一个词儿的时候，带着一种邪恶的嘲弄，仿佛能掐死人似的。

露丝坚持表演到了最后。她跳起来，赶紧把折叠凳收起来。"哦，不，等等我，阿尔玛小姐！你吓死我了，我一分钟都不想在这儿多待了！"接着，他听见轮椅在小路上飞奔，传来一阵沙沙的声音。

最后，他听到远处传来那个女低音的声音："你的手怎么这么多汗，发生什么事了。"她一定是找借口碰了碰露丝的手。

汤森从门后出来的时候，浑身湿得就像一条被三个人用过的浴巾。除非那女人真的比她看上去笨——他觉得这不太可能——她肯定已经觉察到有人正躲在这里，最多就是还没猜到那人刚才就跟她在同一个房子里。

他扔下怀里那一堆笔记,用一个罐头的锯齿盖撬开一块变形了的地板。

夜幕降临,他需要吃东西了,才回到小屋。他在外面待了一整天,现在那块儿已经是一片树林了,他头上再也没有一片砖瓦,所以他小心翼翼地,以防她会带人来个突袭。他打算在外面过夜。晴朗温暖的夜里,在外面睡也不算糟。他可以抓一条露丝给他的毯子,把自己裹起来,反正睡在外面的地上和小屋地板上也没有太大差别。不过当务之急是他得找点东西填饱肚子,哪怕现在食物已经冷了。

他小心翼翼地靠近小屋,就算是印第安勇士也不如他那样身手敏捷。他从小屋后面慢慢靠近,躲在一棵粗大的树后,蜷着身子,一动不动地待了很久,听着前面的动静。要是有人藏在屋里,他们也不会待那么久而不发出点动静。最后,他放心了,他溜到后墙,绕过小屋的一角,蹑手蹑脚地沿着墙角前行,尽可能地猫着身子,躲在黑暗里。终于到了小屋前面的转角,他停下脚步,屏息聆听。他前面的土路上一片寂静,小屋里面没有人。

他又往前移动,冲到门口。房门朝里开着,而他记得自己走的时候关上了门。他有点担心,不过也许是风把门吹开的。

他看到门上有一个白色的方形的东西,就在门里面,靠上方的位置。即使是在黑暗中,他也看到上面写着字。这张纸条是用一根金属别针或者金属丝固定在门上的,他把纸片取了下来。

他关上门,然后划了一根火柴,小心翼翼地用外套挡着光,把纸条放在火光前,上面的字立即清晰可见了:

丹,我有一个重大发现,你必须过来亲自看看。九点钟到家里来,我会给你留门让你进来。他们要到城里去,不会在家,所以你不用担心。

露丝

他仔细看着这个便条,花了很长的时间读这个简单明了的便条。

他以前只收到过一张她写的便条,就是那天早晨在提拉里街留的那张。他开始找那张纸条,竟然找到了,就揣在他的裤子后面的口袋里,上面还粘着羊毛碎屑。真好笑,他居然还一直保留着这张便条。不过,也许还不能说好笑,而是真幸运,幸好他还保留了这张纸条。

他把两张纸条并排放在一起,然后划亮一根火柴,凑到纸条前。

他手中的火柴熄灭了。他把两张纸条都放回了口袋里。在赴九点钟的约会前,他还有些事要完成。

命悬一线

天空中挂着一轮朦胧的月亮，银灰色的月光洒在屋顶上。

汤森从树林中走出来，站在屋子对面，一动不动地看了一会儿。他倒不是真的在看那座房子，他知道那没什么好看的，毋宁说他是在静静地思考。今晚踏进那座房子，一切都成定局。他再也不能有任何疏漏。现在，他只有一次机会，绝无第二次。

今晚，故事就要走向结局，不管那结局是什么，都将在今晚、此时、此地终结。

他思绪万千，就像一个即将走进行刑室的人。他想到了弗吉尼娅那张布娃娃一样可爱的脸，想到了丹·尼尔林的心上人露丝；

他想到了自己经历的奇奇怪怪的一切，他的人生故事。一开始是平淡无奇的二十五年，接下来是失忆的三年，直到今天，即使在露丝的帮助下，这段失落的记忆也还未完全复原。而这段惨淡的逃亡的日子将前者融合到了一起。今晚，要么是一切的结束，要么是一个开始，他的第四段人生的开始。三十年来，他活出了四个不同的人生。不管发生什么，他都绝非普通人了。

房子就在那儿，在阴暗的草坪对面等着他。房子里漆黑一片，没有一盏灯，好像里面没有人似的。

九点了。

他往前走去，穿过草坪去赴约。短短的草叶在他脚下嘶嘶作响，他背对着月亮前行，一道摇荡的黑影就像水流一样紧随其后。

他踏上两级低矮的板石台阶，一会儿就到了大门口，接下来的一切难以预知。他的影子就像一个纸片人一样，钉在了这道门上。他的过去与未来，就在这道门后。

他握着门把手，感觉冰凉冰凉的，带着某种难以捉摸的感觉。我来了，他在心里对自己说。他觉得皮带扣向内抵着他的腹部，随着他的呼吸一起一伏。他转了下手腕，面前的大门打开了。跟便条上写的一样，没有上锁，她给他留着门。

他在身后关上了门。屋内一团漆黑，仿佛黑色的羽毛漂浮在他周围，伸手可触，甚至还挠着他的鼻子。他伸出手去，摸到了电灯开关，按下开关，却什么反应都没有。一定是灯泡烧坏了，或者被人取走了。

漆黑的走廊中,他一次次按下开关,都是徒劳。在一片寂静中,这声音被放大了,就好像是沿着走廊滚动的一个个圆球发出隆隆的声音。这声音一直传到了走廊尽头,他也没觉得多惊讶。

他向前走去,手臂微屈,就像游泳一样,避免自己撞到什么东西上。一个更暗的黑影在黑暗中从他的身边飘过,有一会儿吓得他脖子后的毛发都竖起来了,不过那其实只是他自己在镜中的影子。他停下来的时候,那黑影也停下来。现在他想起来了,那天晚上他在这儿的时候,注意到有一面镜子就挂在这个位置。

他继续走着,远离了那面镜子。他停在了楼梯脚下,吹了一个短短的口哨,两个音符,一声高,一声低。在街上常常会听人这么吹口哨,这意思是:嘿,你在哪儿?

他又吹了一遍,第二次有回应了。他听到楼上大厅里传来一阵小心翼翼的脚步声,非常轻柔的脚步,每一步听上去都似有似无。当脚步声到了他头顶上的栏杆边时,就停了下来,犹豫不前,好像有人正俯身试探着下面。

"是我,露丝。"他压低了声音说。

对方小心翼翼,含糊地回答:"嘘……我就来。"

脚步声往下走到了楼梯左上方的位置,他现在能看到一个模模糊糊的影子,就像一个幽灵似的,站在他的上方。在一团漆黑中,他辨认出了露丝工作服上熟悉的白色十字领结和围裙,那一身装扮在黑暗中若隐若现，就像涂了一层荧光漆似的。

那幽灵走下来，停在了他上方大约四级台阶的位置。他看到一只白皙的胳膊向他伸过来。同时，她压低了声音说话，几乎听不清楚："把你的手给我，我要你跟着我走。"

"等等，我划根火柴……"

"不，不要！把你的手给我，"她坚持说，"我牵着你走。"

她似乎不愿意让他靠近她。她执着地要两人保持一臂的距离。他抓住她白皙的手，感觉到她光滑温暖的肌肤，她另一只手也伸了过来，两手一起握住了他的手腕。不过他的手很粗，她不能完全握住。

他开始往上走，而她带着他，越走越快。忽然，一股栀子花香袭来，他猛地警醒过来，而此时她两只胳膊猛地往回收，出其不意地把他拽到跟前，他一个趔趄，失去了平衡。这时候，两根柱子上横拉的绳子把他给绊倒了，他跌了一个大跟头，脸朝下摔倒在地。从他头顶上传来一个尖叫声："他摔倒了，比尔！抓住他，快！"

有人从背后重重地压在他身上，把他牢牢地按倒在地。他挣扎着，试图挣脱被钳在身后的双手。

可他所有的努力只是把她整个人都拉倒，紧紧贴在了他身上。

"你抓住他了吗，比尔？你抓住他了吗，快点，他快把我的手腕拧断了！"

第一次，一个男人的声音传来，就在他的耳朵边，他都能感到他的呼吸："把他的手给我！把他的手绑到一起，像这样……"

那男人的一个膝盖死死地抵着汤森的脖子后面，把他的脸按到两级台阶的连接处，他的鼻子都被挤歪了。汤森竭力想挣脱，可是压在他身上的重量让他的一切挣扎都是白费功夫。

她紧紧地抓牢他的手，两手交叉着，把他的两只手交叠到一起。"好了，好了，快！"汤森觉得一根皮带似的东西紧紧地贴着他的手腕，缠绕着，牢牢地将他的手腕绑在了一起，挤压得阵阵作痛。

"好了。现在按着他，只要一分钟。你脚踩着他，这样他就起不来，我要站起来。"

汤森身上那令人窒息的压迫感消失了，取而代之的是女式皮鞋带来的更尖锐的压力，她的鞋子横踩在他脖子上，就像一只狭窄的小船。

这时候，这个声音既不是高兴的低语，也不是歇斯底里的尖叫，他这才认出了这人的声音，那是阿尔玛·迪德里希的女低音："天哪！看看他把我的手弄成什么样了！就像生冻疮了一样痛！"

那个男人现在站直了身体，俯视着汤森，仍旧气喘吁吁地说："瓶子呢？"

"我怕打碎，放在楼梯最上层了。"

"好，去拿来，有这东西就好办多了。"

她的脚从他脖子上挪开了，取而代之的是那男人粗壮有力的手。他钳住汤森的脖子，让他成俯卧的姿势。汤森挣扎着双腿想反击，可那男人站到了汤森上方两级台阶的地方，避开了他的腿。

"我透不过气了，"汤森喘着说，"让我露一点脸出来。"

比尔·迪德里希没有理会，只是稍微调整了一下手上的用力。

那女人姗姗而来，玻璃瓶里的药水晃动着，发出细微的声音。

她说："你用这东西，事后他们会发现吗？"

那个男人没有回答。他说："窗帘都放下了吗？好了，我们最好就在楼梯上动手，会省掉不少麻烦。拿好这个，给我开盏灯，看清楚动手。"

现在，那个男人就坐下来，骑在汤森的肩上，他强健的大腿夹着汤森的头部。一盏小灯点亮了，照亮了汤森的脸，长久的黑暗之后，他只觉得那灯光太刺眼了。

药水的晃荡声又响起来了，好像是从女人手里转到了男人手里。

那男人说："把他的头抬起来，他伤不了你了，我的膝盖压着他的胳膊呢。"

她扯着他的头发，他的头突然被抬起来，从脖子那里形成了一个锐角。光束打在他的眼白上。

他瞥到了一个小小的瓶塞似的东西倒过来了。

这次约水的声音更响了，好像是容器倒转过来了。

一阵恐惧让汤森全身的血液都要凝固了，那是不知道接下来要发生什么的恐惧,是因想象而来的恐惧。

他的头顶上方飘着一股甜腻的气味,一张浸了药水的化妆棉从背后伸过来捂住了他的嘴巴和鼻子。他再也没法呼吸了,只能吸到那令人作呕的甜药水。他努力挣扎,左右扭动着鼻子,但是那化妆棉被一只手牢牢地按在他的脸上。有那么一会儿,在灯光下,他能看到一双眼睛正冷酷地审视着他。

渐渐地,他的视线模糊了,可有那么一会儿,他还能听到他们说话。

"看着他的眼睛,差不多了的时候跟我说一声……"

渐渐地,他什么都听不到了。

"好了,他的眼睛闭上了。"

他觉得自己的一个眼皮抬了一下,然后又耷拉下去,完全不听使唤。紧接着眼皮又跳了一下,最后,他失去了所有的知觉:听觉、视觉、触觉……

大概一刻钟后,麻醉药效过去了,他感到有点恶心,这让他想起许多年前做完阑尾手术的感觉。不过这次,他知道,手术还没开始呢。

他倾斜着身子瘫在一把软垫椅子上,肩膀只比腰部稍稍高出一点点。有那么一会儿,他以为他的双手被解开了,因为那种被绑得严严实实的感觉消失了。但是当他试图张开双手的时候,马上就感到两手被捆住了,这回,是隔着硬邦邦的皮革,他被戴上驾驶手套了。他们以为这样就不会在他的手腕上留下勒痕。由此，他推断，将来别人发现他的时候，就不会知道他曾经被绑起来过。

窗帘放下来了，但是帘子底部还是有足够的缝隙让月光透进来，洒在窗台上。

一个厚重的穗状织物把他紧紧地捆在椅子上，好像是多股的窗帘绳编在一起，根本没法挣断。他的下巴也被套住了，直接在他脖子上绕了一圈。绳子套得死死的，让他有种被扼住了咽喉的感觉。

一开始，他以为房间里只有他自己，但是后来他有一两次隐隐听到谁在费力地呼吸，呼吸声很弱。月光在窗台上并没有静止不动，月亮在屋顶的天空中爬得更高了，对面墙上的月影变短了，地上的影子则拉长了。他第一次看到墙上的影子时，大概距地面有一肘高，一会儿工夫，影子就落在了下面的一张沙发上，并且一路向下，在突出的沙发表面移动。

月光洒在了一个人蓬乱的头发上，那头发看上去就像是一个扁扁的镶了银边的圆环，他突然明白了，露丝也在这个房间里。她一定也是完全不能动弹，因为那镀银似的脑袋没有挪动过位置。

在黑暗中，月光还没照亮她的眼睛，他就远远地跟她说了起来。"露丝！"他急切地低声喊她。"露丝！"她没有吱声。她为什么不做声呢？他只能等着月光照亮她的眼睛。

终于，他看到了，她的双眼睁得大大的，无助地盯着他。他知道，她的嘴一定被塞住了。他很纳闷为什么他们不像这样也把他的嘴给堵上，也许是因为女人比男人更容易惊叫吧，不过更有可能是他中圈套的时候，她就已经被绑在这里了，他们要确保她不能给他通风报信。

　　置身险境中的人彼此都说不出什么深刻的话来，语言在这时候显得很苍白。他不知道该说什么，只是对她开口道："嘿，露丝。"接着，他绞尽脑汁地想找出些话来安慰她，可是脑子里一片空白。月光照亮她的眼睛，他好几次逼着自己对她说话，诸如："没事的，一切都会好起来的。"又有一次,完全是说的废话。"我的脚都麻了，你的呢？"他只是想转移她的注意力，让她不要沉浸在眼下的危险境地中。哪怕让她有一小会儿的分心，也是可以的。

　　令人悲伤的是，在一片黑暗中，她的眼睛向上望去，月光打到了她的脸上。她的脸就像一张倒过来的溺水人的脸。她扭来扭去，试图低下头，想让这眼神交流能延长一会儿，可最多十秒钟，她的眼睛又被黑暗吞没了。而她的嘴唇则慢慢露了出来。

　　一片寂静中，楼上传来开门的声音，让他不寒而栗。"冷静点，冷静点。"他含混不清地安慰着房间另一头的她。

　　外面传来一个男人下楼的脚步声。他到了这层楼，朝这个房间走来。房门打开了，他按下一个开关，房间顿时被照亮了，灯光亮得让人睁不开眼。汤森的眼睛适应了之后，他第一眼看到的就是比尔·迪德里希正一动不动地站在门口。

　　比尔·迪德里希看上去既壮实又矮矮胖胖的，他带有一种浅发色的人纵欲过度后通常的神情,他的肤色看上去就像是生面团的颜色,头发是稻草的颜色,皱巴巴的,让人生厌。他看起来是个好人——如果他不是他自己的话。他穿着一件紫红色的浴袍,下面是蓝色的丝质睡裤。汤森知道他既没有睡觉,也没有洗澡,这一身行头,不过是一场表演中的道具而已。他把外衣都脱了来杀人,个中原因只有他自己知道。

他带了一把枪,很随意地拿在手上,枪口对着地面。

他咧着嘴朝汤森笑了笑。

接着,他又扭头,不耐烦地喊道:"阿尔玛,你好了吗,快点。我想快点结束这一切。"他走到房间尽头,小心翼翼地钩起窗帘,帘子下面的空隙不见了,他又回到了门口。

楼梯上传来另一个人的脚步声,一个女人的身影出现在门口。随她而来的还有弥漫在空气中的栀子花香。她的脸色有些苍白,也许是因为紧张吧,不过她的脸上没有一丝犹豫不决的神情。汤森仍旧盯着男人,并没有花太多时间去看女人。

迪德里希不耐烦地用手扒拉着她的头发,把它弄乱,说道:"瞧瞧你的头发,就像是刚从美容院里出来似的!你就不能装得稍微真实一点吗!干吗还戴着帽子,还穿着大衣?"

"我要出去报警啊,你这个白痴!电话线切断了,不出去怎么报警?"

"对,不过你不该看起来这么精神抖擞。这个家伙企图谋杀我们的时候,我们正在睡觉呢。你跑出家门逃命去找警察的时候,你可没有时间去戴帽子,也不会穿大衣!"他竭力压抑着怒火。

"那你想要我怎么做?光着身子开车去村里?"

"睡衣外面裹件袍子,就像我这样,快去。回来的时候把那把刀拿来。你走之前我还要你做点事。"

这俩人就这样就事论事地讨论着,就像讨论穿什么衣服去看戏一样。没错,他们其实也是在演戏。

这就是他们的计划了,将一起谋杀伪装成合理合法的自卫。这样,法律就会站在他们那一边,而汤森则是一名被通缉的杀人犯。不会有人刨根问底怎么回事的,因为露丝也会被封嘴,跟汤森一起死去。

她再次回来的时候,带来了一把长长的菜刀,这回,她的一身便服更合比尔的意了。

"你要这个干吗?"汤森从她的语气里似乎听到一丝紧张,她并不介意比尔杀人,可是她并不想在这里眼睁睁地目睹这一切。

"应该是这个家伙先伤了我,我再撂倒他。我不能这样子,不能什么伤都没有。你得把我弄伤。"

"天哪……"她倒抽了一口气。

"快点!来吧,没时间磨蹭了,又不是要割伤你,你干吗大惊小怪?不要割得太深了,来吧。"

比尔伸出胳膊,紧张得就像等着抽血一样。"这里划一刀,手臂外侧,不是里面,很简单,现在就割一刀。"

他们就这样站在门口动手了。她站过来,背对着汤森,汤森看不见他们是怎么操作的,不过他的视线越过她的肩头,能看到比尔专注的表情。比尔的脸轻轻抽搐了一下。

"别闭上你的眼睛,"他冷冰冰地命令道,"你会割歪的。现在,到胸口来一刀。"

她的手肘关节稍稍朝后动了一下。

"哎哟!"他疼得倒吸了一口气。

"现在给我的额头来一道小口子。用刀尖轻轻点一下,小心点,我可不想缝针。"

这一次,汤森能看见刀刃的移动了。刀刃沿着一根看不见的线条移动,马上那根线就变红了。她后退一步。"快点,我们的时间不多了。"

他抬起手臂,吹了吹被她割伤的地方镇痛,说道:"好了,去开车。"

他们冷血地讨论着,那种就事论事的口气让人不寒而栗。要是他们压低了声音悄悄商量,或者他们瞪着眼发火,或者他们吊儿郎当地笑,汤森都不会如此恐惧。可是他们交谈的口气,就好像是她要去杂货店买东西,他则答应她出门时自己呆在家里帮她修理东西,人家谈论怎么打老鼠时,气氛都比这两人更紧张。

他们转身走出房间,在大门口停了下来。他给她交代了几句,再次强调了一下他们之前安排好的步骤，不过他们说的什么听不太清了。

"现在已经九点二十了，就算你的车速每小时六十英里，你来回也只需要三十分钟。记得，无论如何不要在半个小时内带他们回来！我能相信你，对吧？我至少需要整整半个小时，把帘子放在该放的地方，要是你发现到警察局的时间太早了，你就装作吓晕了，再拖个五分钟。但是一定要在你告诉他们发生了什么之前晕倒，一旦你告诉了他们怎么回事，你就没法拦住他们了，他们会马上赶到这里来。车子在州际公路上跑得可快了。记住，三十分钟。给你车库的钥匙。"

大门开了，汤森听到她出发前说的话："比尔，我们以后还能安心睡觉吗？"

他还听到了一个亲吻声，以及比尔的回答："为了我俩，我会夜夜都醒着，有了钱，你就可以安心入睡了。有我呢。"

哦，原来，是爱情使然——算是爱情吧。他们要除掉哈里·迪德里希，并不仅仅是为了钱财。

大门关上了。他没有马上返回，他一定是站在那儿看着她好好离开。汤森能听到车库里的汽车发动机发出的空响声，接下来，汽车驶出车库，来回倒了几次，声音减弱为嗡嗡声，最后小车开上公路，就再也听不见了。

她已经离开去求救了——为了尚未发生的谋杀。她把杀人凶手和即将遇害的人单独留在了家里。

比尔沿着过道走回来,可是他并没有走回这个房间,这个行刑室。他在过道里站了一会儿,捡起那把菜刀,又走出去,朝楼上走去。

他的动作一直很轻,只能听到很细小的一些动静。谋杀并不需要大张旗鼓地弄出声音。一开始,只听见钥匙在楼上某个房间锁孔里扭来扭去的声音,也许是他有点紧张,又或者是门锁不太常用,变得有点不好开了。

阿德拉,他们说那姑娘疯了,她常年都被锁在自己房里。她就是钱,他刚刚跟阿尔玛说过。这个阿迪,不管她疯不疯,都是遗产继承人,而现在,她的亲哥哥,就站在门口,一只手上拿着钥匙,另一只手——也许握着一把刀——藏在身后。

最后,钥匙找到了合适的角度,门打开了。汤森听见房门从门框弹开的声音,接着传来的是迪德里希的声音,他站在门口,虚伪地问候:"还没睡呢,阿迪?我以为你早就上床了。厨师想问问你,明天想吃什么甜……"房门关上,切断了他的话音。

有那么一会儿,大约就是一个人从房间这头走到那头的工夫,一点儿声音都没有,汤森在椅子上挣扎着,大张着嘴,表情扭曲。他能感觉到对面沙发上露丝肿胀的双眼正焦灼地盯着他。他不忍心去看她的眼睛,只能无视这无声的祈求。在这个时候,不得不呆坐着看着彼此,实在是太残忍了。

忽然,一声野兽般的惨叫传来,那是只有屠宰场里才能听到的声音。那声音来得突然,去得也突然,接下来就是低低的呻吟,然后,一切又恢复了平静。

他在那儿待了一会儿,然后,楼上的门又打开了。汤森听到楼上有椅子或者长凳倒下的声音,这不是偶然碰撞发出的声音,那声音里传出一种精心布置的意味。汤森心想,这又是在布置舞台背景了。那椅子倒下的样子看上去肯定像在近身搏斗时推倒的。

他下楼来了,再次出现在门口。对于汤森来说,这一刻太可怕了。汤森看见的这个男人的表情,像是刚刚杀过人一样。他的脸缺乏血色,看起来就像一张发黄的羊皮纸,仿佛那把刀不仅仅夺走了别人的性命,也耗尽了他的气血。他脸上油光光的,全是汗,汗水淌下来,他用舌尖舔了舔上嘴唇上的汗水。他又回头看了看身后,再转过来看着汤森他们。尽管此时在他身后什么都没有,他的眼神里却带着恐惧与敬畏,不管多么短暂,这二者总是与充满暴力的死亡同时而来。

他手里仍然握着刀,四分之三的刀刃藏在破旧的红色皮套里,他站在那儿,解开了油腻腻的皮套子,露出了闪亮的菜刀钢刃。

他是从谋杀现场匆匆赶来的杀手,是杀人犯,此刻就活生生地站在汤森面前。

从迪德里希第一次下楼到这个房间起,汤森就一句话也没说过。他知道,说什么都是徒劳,乞求也好,威胁也好,跟他讲道理也好,都是白费力气。但是现在,一股难以遏制的愤怒在他心中翻腾。他开始自言自语地骂起来，发泄对站在眼前这个男人的恐惧。

迪德里希关上门，微笑着说："现在，我说的大戏要来了。"他喃喃道，几乎得意忘形了，就像在听一个好听的唱片一样，"真可惜，只能说这些话，瞧瞧，你刚刚说什么来着……"他靠近汤森，有那么一刹那，汤森觉得一切都完了。可是他只是用扁平的刀刃轻轻碰了碰汤森的脸，就好像有人用冰凉的钢刀拍打肿块消肿一样。他正把自己的犯罪痕迹抹在汤森身上。

接下来，他用纱布仔细擦拭刀柄，然后把刀暂时扔到一边。他等着汤森的手去握这把刀——当然，等他死了以后。

迪德里希拿起枪，把弹匣打开看看，确保里面有子弹，然后又把弹匣合上。他沿着一条直线走到椅子上的汤森跟前，然后又慢慢往后退了六步，就像决斗前的操练一样。他举着枪，眼睛瞄准了汤森，手丝毫不抖，此时的他就像在射击场上瞄准纸制靶子一样。

那个小小的瞄准汤森的黑洞洞的枪口，似乎在不断变大，好像带着某种吸力，像真空吸嘴似的，要把汤森整个人都吸进去。汤森几乎感觉到他自己正迷迷糊糊地要挣脱捆绑极力往前凑过去。

"你最好闭上眼睛，"迪德里希冷酷地对他说，"那样会让你好受点儿。"

汤森脸上靠近耳朵的地方开始抽搐起来。他没有说话，只是勉强笑了一下，一侧的嘴角上扬，他竭力保持住这个微笑。

这个微笑反倒让看的人有点疑惑了：都这个时候了，他到底在笑什么？他要用什么我不知道的手段来对付我吗？这个挑衅真的奏效了。

迪德里希说："有什么好笑的？"

"你从没听说过开火的角度，对吧？"汤森抿了抿嘴唇，好把话说清楚点，"你是朝下对着我开枪。我坐在椅子上，而你是站着，这样看上去可不像自卫，你觉得他们不会注意到这一点吗，别自欺欺人了。"汤森继续保持着勉强的微笑，尽管很艰难，但他硬撑着。

迪德里希手里的枪口忽然垂下来，对着地板，说明汤森的话说到点子上了。

汤森能拖延多久，一分钟？还是四十五秒？此时此刻，时间就是他的仇人。

迪德里希单膝点地，试图纠正开枪的角度。可是现在子弹的运行轨迹是稍稍向上，也不管用。而正确的姿势既不是站着，也不是蹲下去，而是半蹲着，那样太别扭了。他要双膝微曲，这样他几乎都站不稳，他都不确定能否射中目标了。

最后，这个男人想了一个极荒唐可笑的点子，不过对两人来讲，这毫无幽默感。他找了一把椅子摆在他的俘虏面前，他自己仰坐在椅子上，再一次举起了枪。

他没有开枪，现在，他心里拿不准了。汤森的问题让他心中有了一丝疑虑，他开始在脑子里勾勒出后续的情形来。除了子弹的运行轨迹，还有其他需要考虑到的因素。必须考虑到事后尸体的姿势，子弹是以某种方式击中的，那么受害者被发现的时候，必须有一个合理的姿势。

迪德里希绝不愿有一丝闪失。汤森赌的就是这一点。迪德里希觉得自己现在设计出了最完美而迅速的方案。他站起来，不耐烦地走到房间那一头，拉开书桌抽屉，暂时把手枪放兜里，取出一张纸和一支笔。接下来，他又分别指了指露丝、汤森和地板。他正在琢磨他们死后尸体该出现在哪个位置。汤森瞥见他在纸上飞快地画着，他动作麻利，就像一个舞台剧导演在为一出临时上演的合情合理自卫杀人的戏剧安排舞台布景一样。

他实在太专注了，还用笔指了指露丝，自己嘀咕着："你，在这儿。"

这并不是刻意装出的残忍，可即便是但丁笔下地狱里暴虐的魔鬼也不能与他匹敌。露丝吓得几乎全身都僵住了，奄奄一息。汤森的额头也渗出了涔涔冷汗。

终于，迪德里希把他的蓝图绘制完成，把它塞进了书桌的斜板外，以供查看。他迅速地看了一下手表，好像是要确定他的同伙还有多少时间给他。

他最后环顾四周，确定一切都在掌握中。任何细节安排都不可大意。在他跟"凶手"搏斗逃命的时候，应该有一把椅子挡住了他，他的脚踢开椅子，椅背砸裂了，然后他费劲地站起来，依然让那把椅子保持着倒伏的姿势。

他搓了好几遍手,促进手部的血液循环,他就像是一个马上要进行精密手术的外科医生。

终于,一切就绪了。

他朝露丝走过去,面朝她弯下腰,在沙发背后摸索着,一根窗帘绳绕过沙发背把露丝牢牢绑在了座位上。

露丝的脑袋在他抬高的手臂下,她的眼珠子转了一圈,费劲地看了看,脑袋一歪,晕过去了。

迪德里希几乎没有注意到这个,即便他看到了,也不以为然。他暂时给她解开绳子,双手把她抱起来,摇摇晃晃地走到房间中央。她的手和脚踝,依然还是绑住的,暂时就这样了。他把她放在地板上,动作很温柔,却让人不寒而栗。

露丝一定是比他想象的要重,他还没来得及把手从她身下抽出来,就不停地咳了起来。他摇摇晃晃地起身,有点儿难受,甚至不得不单膝跪地以保持平衡。

最后,他缓过气来,停了下来,但接着,汤森咳嗽起来了。

这房间里的空间有点儿不对劲。屋里的东西都不像过去一样那么稳固了,而是微微颤抖着,就像发生了折射一样。他的眼皮开始难以遏制地跳起来,眼泪流出来,他就像是从哈哈镜里看迪德里希似的,一会儿瘦高瘦高的,一会儿又矮胖矮胖的。

汤森听见他咳嗽着朝门口走去,在门口站了一会儿,好像是在听什么动静。外面不知道什么地方传来木材弯曲变形的声音，仿佛是承受了巨大的压力。迪德里希突然打开门探出去想看个究竟。

紧接着，迪德里希整个人都看不见了，仿佛他被一只巨大的橡皮擦给涂抹掉了。他隐身在一片朦胧的灰色中。而这一切来得这么突然，无声无息，让人更觉恐怖了。突然，一股黑色的浓烟涌入了房间。这些浓烟一定是此前在封闭的大厅里聚集了不知多久，才会这么浓烈。它瞬间就充斥了整个房间，但依然那么浓密，整个房间都看不见了，只有灯光所在的地方发出微微的光亮。

汤森几乎什么都看不清了，只隐隐瞥见一个灰色的鬼影从门后出现，摇摇晃晃地走过来，他依然没有改变自己的头等目标，他一边干呕一边走着。

迪德里希的脚一定是绊到了露丝，他跌跌撞撞地，一下子整个人都倒下了。之前一直握在手里的枪也随之掉落在汤森的脚边。透过重重浓烟，汤森清楚地可以看到手枪，那个黑色的T形物就躺在地上，接近地面的烟雾最稀薄。接着，一只手出现在汤森的视野里，一阵阵地抽搐着，盲目地在地板上找手枪，而在看不见的地方，在重重灰色的浓烟中，传来迪德里希剧烈咳嗽的声音。

汤森竭尽全力用他的脚去够那把枪，却把枪推得更远了。他够不着了。他的鞋尖在手枪上方兜了几圈，只差几英寸就够着了。可是，现在那只虫子似的在地上爬行的白白的手指头却够着了手枪，然后迅速地把它拿远了，在烟雾中，汤森看不见那把枪了。

房间里爆发出一连串砰砰的枪击声，橘红的光在地板上方不停地闪烁着，仿佛是要穿透这烟雾，却又渐渐地暗淡下去。

这正是预料中那个可怕的时刻。突然，一张脸出现在汤森上方，仿佛他已经没法再站直身体，正半蹲着向汤森挪过来。

他的手颤抖着朝汤森伸过来，他的食指比其他手指更粗更黑，指尖是空空的——那是手枪的枪筒。它左右摇晃着，离瞄准汤森差了足足一英尺的距离。忽然，那火光再次响起，汤森只觉得脸上火辣辣的，就像滚烫的沙子擦过他的脸，子弹擦着他的脸射进了厚厚的椅背中。

不过汤森几乎感觉不到这一切了。子弹显得多余了，他的生命正在迅速流逝。他的呼吸一次比一次艰难。每一次吸入的空气都是那么滚烫，进入他的肺部，然后再次涌上来，灼痛他的气管。他的眼睛早已什么都看不见了，火星飞溅到他眼里，眼泪不停地涌出来。

他前方不远处的地板上，突然发出一声钝响。有人倒在了地上，脑袋就砸在他的膝盖上，然后滑下去，落在了他的脚上，就再也不动了。

他觉得自己的脑袋也要开花了。

他听到的最后一个声音是远处传来的玻璃砸碎的哗啦声。

劫后余生

氧气从喉咙往下涌入肺部的感觉真是太棒了。他们拿走他脸上的面罩，供氧停止时，他非常生气。现在，他正仰面躺在户外，头顶上是夜空中闪耀的群星。一道道惨白的光束在草地上交错摇晃着，在他周围，一群人围着他站成一个弧形。

其中一个人对着他俯下身来，远处的灯光打在他的脸上，让汤森看清了他。

汤森盯着这张脸看了很久，那个人也一直看着汤森。到现在为止，汤森已经非常熟悉这张脸了，但他们彼此还从未如此接近对方。这是一张难以捉摸的表情呆板的面孔，似乎从来都不会笑。

这人曾经在人群中驻留，盯着汤森；他曾经隔着布满灰尘的地铁车窗对汤森怒目而视；汤森曾经透过药房橱窗看到他的身影；他曾经在硬座火车上转身巡视着过道；他甚至还在汤森的梦里化身为一双鞋子，紧紧地追着汤森，而他的样子却终未显现。而现在，他就在这里，跟汤森如此接近。他终于追上了汤森。他让汤森平躺在地上，躺在垫子上。

最后，汤森疲倦地淡淡问道："你就是埃姆斯，对吧？"

"就是我，"他略带挑衅地说，"你就是丹·尼尔林，对吧？"

"我才不是呢，"他说，"我是弗兰克·汤森。"

人们扶着他，让他撑着胳膊肘，帮他坐起来。他觉得刚才吸过氧，现在有点儿头晕。"你就没有别的帽子好戴吗？"他居然这么对埃姆斯说。

他再次站起身，环顾四周。迪德里希家的房子就在身后，探照灯打出一圈圈白色扑克牌筹码一样的灯光落在房子上，偶尔微风吹过，把那边刺鼻的烟雾也带过来了，草坪上到处都是人和各种器械——救生装置和灭火仪器。许多汽车全都开出车道，凌乱地停在了草坪上。有一辆车停在那儿，车后部全打开，几个人围在那里，正把一个担架往车里推，看上去不是什么好事儿。担架被盖上了，在一头有两个冒起的尖角，看上去像是一双斜放的鞋。一个戴头盔的人从车上的窗户朝车窗外扔了个东西在地上。现在，这里十分忙碌。

他们扶着汤森走起来,埃姆斯在他的一侧,另一个副手在他另一侧,一只手扶着汤森。

汤森醒过来后一直在想一个事儿,他问他们:"那个女孩怎么样了?"他尽力让自己的声音保持平静。

埃姆斯面无表情地稍稍摇了摇头。

"他杀死她了,对吧?我听到了烟雾中的枪响。"

埃姆斯这次微微点了点头。

汤森愤怒地爆了句粗口。

旁边的副手低调地说:"省点力气吧,他被烟熏得就像只老鼠一样。"

汤森说:"她是个好姑娘,要是没有她……"他的声音渐渐低下去,三个人都不再说话了。

前面的那几个人正好走到一边来,跟迎面走来的他们打招呼。汤森又看到他们脚下还有一副担架,也是被盖住了。那辆载着第一个担架的车开过来,要运走这一个。

"这是谁……露丝吗?"他含糊地问。

"不是,我们已经把她送到村里去了。这是救了你的那个人。"

"我不明白,是谁?"

埃姆斯蹲下身,掀开担架上的防水布一角说:"他为了救你,牺牲了自己。"

"是老爷子!"汤森懊悔地说,"我怎么把他给忘了。所以,他也遇害了……"

死亡让他摆脱了残疾,他看上去就跟其他人一样。他合上了眼睛,面容平静而满足,几乎还带着胜利的喜悦。

汤森默默地看着他,他还能说什么呢?

"你知道他一只手还能稍微动动吗,他的右手?"埃姆斯说。

"是的,我知道。不过我是偶然发现的,几天前,露丝把他推到小屋来跟我见面,他的右手只是稍微能动一下,根本不能做什么事。他只能稍微弯曲一下手指,轻微地移动手肘,仅此而已。"

"这就够了,足够他握住武器了。"

"武器?"汤森扭头看着这名侦探。

"是的,他唯一能握住的武器,是一根普普通通的厨房里用的火柴,但算得上是武器了,不然你以为那么多烟是从哪里来的,自燃吗?肯定是在什么地方有火柴,刚好他又够得着,很可能是在厨房里。我猜,有好多次,他的轮椅刚好就停在厨房某个地方,刚好旁边就是火柴,他每次偷一两根,谁知道他原本打算拿这些火柴干什么呢。"

汤森说:"他真有主意。"

埃姆斯耸耸肩说道:"他把身下的坐垫扒了个洞,这肯定费了他不少时间。刚刚我们把椅子拿到外面来的时候,才发现里面全是烧焦的火柴头。这就是明摆着的了,他选择了死,而且是极其痛苦的那种方式。他那样做,是为了引起路上人们的注意,让他们来救你。尽管这样做的希望并不太大,但这是他唯一能帮到你的方式,而且他心甘情愿地这么做了。"

"他真的救了我,"汤森说,"就连我自己给你们的信息也耽误得太晚才把你们带来。迪德里希是有时间开枪杀死我的,是那些浓烟阻止了他,不是你们。实际上,他也真的再开了一枪,但是他自己那个时候已经头晕得没法瞄准了,我想子弹是射到了椅背里。"

"是你报信说,我们想要抓杀害哈里·迪德里希的凶手的话,就今晚九点三刻到这儿来?"

"的确是我,"汤森冷静地说,"如果你不相信的话,我还记得,我要求跟你通话的时候,你跑来接电话的时候绊到什么东西上了,我在电话里听见的,你大概是踢到了一张椅子或者桌子类似的东西。"

"果然是你打的电话。"埃姆斯说。

"我估计的时间只能是这个时候了。要是我让你们来得太早了,他们就不会动真格的,我就会直接被你们逮捕,而不是落入他们的陷阱了。这样一来,他们就成了无辜的人,一个杀人犯在他们家中被捕。要是把时间估计得太晚,你看,就是现在你看到的这个样子了。这是一场赌博,我押上了自己,却失手了。唯一幸运的是他也失手了,然后我扳回来了。"

"你怎么知道他们给你布了局?而且是在今晚这个时候?"

"因为我收到了一张伪造的便条,是模仿露丝的口气写的。他们一定是几天前发现了我藏在附近,想除掉我,因为他们非常清楚,不是我杀的哈里·迪德里希,而是他们自己。所以他们就把露丝抓起来,然后设了个圈套来抓我。我知道这是陷阱,我自投罗网地来了,只是给你们报了信,把希望寄托在你们身上了。"

"嗯,不过你的时机可没把握好,"埃姆斯说,"我们已经在路上了,结果碰上了她,就在斯特拉瑟斯家附近。作为一个报警求助的人,她碰到我们的时候可并没显得很高兴。她滔滔不绝地说了起来,耽误了很长时间。她说得太言之凿凿了,问题就在这儿。她对于你们的死说得太确定了,说迪德里希不得不自卫,我们一来就会看到你们的尸体,她甚至还对我们说,她问比尔:'你没事儿吧,比尔?''我杀了他们,阿尔玛。看,我把他俩都杀了,他俩现在就躺在地上,死了。你最好出去报警。'"

汤森说:"我亲眼看着他们计划了这一切。"

"问题是,我们到这儿来的时候,跟她说的可是有点儿不同呢。她本末倒置了。"他似乎是要笑起来了,但还是差那么一点点,"我们到这里的时候,路过的一辆车已经打碎了玻璃窗,把你救出来了,你还活得好好的,只是那个姑娘已经死了。而且,你俩都被捆住了手脚。为了节省时间,他们直接把你连椅子一起抬出来了。自卫杀人有时候会显得很出格,可是,把两人都先绑起来,再开枪进行自卫杀人,这太离谱了。后来,我们发现了烟雾从哪儿来的,又四处查看了一下,发现了一些线索。瞧,这个,很重要的线索。"

他取出那张迪德里希放在书桌上的射击角度和尸体位置的设计图,说道:"自卫杀人的人,通常没有时间来提前做计划吧。"

汤森说:"我想,你还是认为我杀了哈里·迪德里希吧?"

"实际上,经过今晚发生的一切,我不再这么认为了,只是,"这位侦探继续说,"我个人怎么想并不重要。你身上背着好几个罪名指控,还有一张拘捕令。要是你真的没有杀他……你有没有证据?你现在需要证据证明你是清白的。我只是一个奉命逮捕你的人。"

"有,我有证据。确凿的证据,双重证据。我还有一个目击证人。"

"目击证人!当时家里不是只有你和死者吗……"

"哦,不,不是这样!你难道忘了……"说着,他朝躺在他们脚下的担架点了点头。

"他?"侦探吃了一惊,"等等……"

"他的眼睛完全没问题,对吧?案发当天下午,他的轮椅一直在旁边的客厅里,对吧?他看不见阳光房里发生的一切,因为门都关上了,但是他听得到,而且他能看到进出房间的人,对吧?"

"就算他能,他也真的听到看到了,可是他现在已经死了。就算还活着,他也不能开口说话,他的舌头跟他的身体一样都废掉了。你怎么能从他嘴里问出话来?"

"你可以去露丝给我安排的藏身的小屋找找,从门槛开始往屋内数六块地板,第六块地板是撬松了的,你打开,下面有一个便笺本,还有一叠松散的速写纸。这就是他的证词,我亲手记下来的。"

"怎么可能?"侦探依然半信半疑,"心灵感应?"

"是眨眼睛。就是平常的摩斯密码,跟国内任何一个电报发报室发电报的方法一样。眼睛快速眨一下代表一点,慢慢地眨一下代表一横。"

埃姆斯说:"啊,我也会啊……为什么当时我在这儿查案子的时候,他没跟我眨眼呢?"

"你应该说你为什么不多看他几眼好弄清楚呢?你每次来的时候,他都拼命对你眨眼,可是你从来没在一个地方站的时间长一点,好弄明白这一切,你让他都快绝望了,他自己在证词里这么说的。你也许只是把他的眨眼睛看成他生病使然。"

"是啊,"埃姆斯若有所思地低下头,说道,"似乎是这样。那你说的第二个证据是什么?"

"我会给你看的。我要让你亲眼看看。如果明天天气好的话,明天正午左右,我会让你看到的。"

两名男子上前抬起防水布盖着的担架,将它放在运尸车的后部。

"等等,"汤森打断他们,"先让我跟他告个别。"他朝他们打了个手势,接着说道:"我们有一种独特的交谈方式。这些话通常不会在这种场合下听到,可能会吓到你们,不过我想用他希望的方式跟他道别。"

埃姆斯转过头,其他人也走开几步,站在那儿看着汤森。

这名曾经叫做丹·尼尔林的男子,凝视着躺在地上的这副悄无声息的面孔。埃姆斯能听到汤森不断的喃喃声,只有最有一句声音大点,清晰可辨:"我是你的朋友丹尼,谢谢,再见。"

真相大白

第二天，天气正好。天清气朗，也很炎热。

这里的一切都沐浴在阳光中，一副恹恹欲睡的样子，发生过的一切仿佛已经被人们淡忘了。

一个警察守在门口，不让好事者接近，他是这幅画面中唯一不协调的元素。他坐在屋外的摇椅里，警车驶入他的眼帘时，他起身致意，然后又坐下。

汤森走在最前面，埃姆斯在他身边，其他人走在他们身后。

他们打开阳光房的门，走了进去，屋里的空气中尘埃飞舞。

汤森说："这就是哈里·迪德里希被杀的地方。我会让你们看看，比尔和阿尔玛，也就是他自己的兄弟和妻子，是怎么在几英里以外把他杀死的。"

埃姆斯双臂交叉，手轻轻拍打着胳膊，似乎在说："好啊，我就是来看这个的。"

"今天的情形跟那天一模一样：低低的柳条沙发，沙发对面以前放了很多绿植，那时候这屋子是用来做一个温室的。我想在哈里·迪德里希坐着的地方作一个标记，这并不是必需的，但是有助于大家更好地理解怎么回事。"

"好吧，我们中的警察可以有一个……"埃姆斯说。

"我觉得最好是放个没有生命的东西，除非你想让一个手下丧命。"

一个警察拿来一盏中等大小的圆形玻璃灯罩的台灯，将它靠着沙发靠背立好，玻璃灯罩正好高过沙发靠背露了出来。

"差不多就是这么高。"汤森说。

"他每天吃完午饭都马上来这里，睡半个小时的午觉。好了，现在这盏台灯就代表他。他现在午睡了，双腿舒服地伸开，头就在那个角落的位置。他睡觉的时候，会把所有那些深蓝色的百叶窗帘全部放下来，免得阳光晒到他的眼睛。"

"你想百叶窗都放下来吗？"埃姆斯嘟哝着问。

汤森微微一笑。"我们要复原之前的一切。"

其中一个警察忙着拉窗帘了。

汤森说道："等窗帘放下来，室内光线变暗后，我希望你们仔细盯着屋顶。"

窗帘一幅幅地放下来了。室内的色调发生了变化，从明黄色到黄绿色，再到蓝绿色、靛蓝色。靠近屋顶的百叶窗上有一个菱形缺口，在桌上留下了一个明显的光斑。

这并不是唯一的光斑。百叶窗帘已经用了很多年，到处都磨损了，十分破旧。光线透过这些缝隙，在地板上、桌上以及柳条家具上投下各种形状的光斑，条形的，圆形的，弯弯曲曲的，就像是洒下一阵光的雨。不过，这个菱形缺口最明显，尺寸最大。这是唯一一个形状清晰棱角分明的光斑，就好像是剪刀剪出来的。

汤森说："现在，他就在这儿午睡，帘子全都放下来了。那天，他比平时都睡得要沉。老爷子认为，他肯定被下了药，才能睡得那么死。"

"我那天肯定也是被下了药，就在大厅旁边的小房间里睡着了，平时我就是把老爷子推到那个房间里的。"

"露丝和厨娘在屋子后面的厨房洗中午的碗碟，动静很大，两人都有半天的假期。她们早就计划去乘两点钟的公交车到村里去，而且凶手很清楚这一点。所以，凶手最先离家，并不是在碰运气，他们这样安排不过是让一切都看起来更为可信。哈里是一个脾气暴躁的人，一旦他关上门午睡时，谁都不敢走进那地方去打扰他。

"所以他们下楼，准备离开。她把车开出来，绕到门口，而他呢，这就是他做的事情。"

他对着身边一动不动的警察伸出手说："把你的枪给我。上膛了吗？"

"我们出门前就重新上了膛。"

汤森接过枪，走到门口，拧开门把手，打开门，他没有出去，又关上门，又往前走去，枪依然握在手里。

"就是这样，我的意思是，他跟着她下楼的时候，他快步走到楼梯后面的储藏间，把这把枪拿了出来。枪一直是放在那里的。他前一天晚上就把枪上好膛放这里了，他拿着枪快步走进来。有一双眼睛看到了他，但是他并不在乎，因为看到他的人没法讲话。

"他拿着枪走进来，打开保险栓，给枪上膛，然后把枪放在台子上，就像现在这样。"

他小心翼翼地放低枪的位置，让枪口对准沙发角落里的台灯。

"这张桌子上有指引他的记号。不是那种你四处查找就能查到的标记，而是瓷砖与瓷砖之间纵横排列的接线。他要做的，只是调整一下地上的支架脚，稍稍往前或者往后，让菱形光斑落在瓷砖之间缝隙上的某个位置上。那些交叉的接线，就像是时钟的指针一样，他早就提前精确地计算过，知道光斑从一格移动到另一格所需的时间。具体是多少时间，我不知道。如果移动一格需要十分钟，那么移动一块半砖的距离，就需要十五分钟时间。这个原理就跟日晷一样。

"所以,他并没有立即把枪直接放在光斑下,那样对他可不利。他把枪偏右放在距光斑有一点距离的地方,在预计的时间内,光斑会移动到枪的位置,点燃火药。就这样,他布置了一个定时炸弹。为了尽快完成演示,我把距离放短,就半个方格吧。"

汤森布置完,往后退了几步,并且让其他人也退后。"他布置这一切花的时间,还没有我解释用的时间多。布置完以后,他又走出去,关上门。阿尔玛得到事先商定好的信号后,就扯开了嗓子喊他:'快点,比尔,我们要赶不上火车了!'这完全是喊给厨房里那两人听的。然后他就跟她一起上了车,开车走了。

"这就是他的全部计划。从储藏间里取出枪,走进这屋子,根据事先在桌上做好的标记,把这枪放好,瞄准了他熟睡中的哥哥。他当然没有开枪了,但是,先生们,你们以为是我杀了哈里·迪德里希,其实真正的凶手正是他。

"如果你们愿意,可以看着手表,数着时间,或者就在这里安安静静地站几分钟,等着结果。"

其中一名警察开始看手表计时,埃姆斯在一边观望着。

光斑慢慢地在桌面爬动,但是太慢了,肉眼几乎看不出来。

也许是为了打破这紧张的等待的气氛,埃姆斯开口问道:"他们怎么会确定邻居斯特拉瑟斯一定会上他们的车,还能成为目击证人呢?"

汤森耸了耸肩说道:"这很难说,不过我想我能猜到,可能她早晨悄悄去打听了一下哪些邻居计划去镇上。"

现在,光斑移动到了火药的位置,光斑就像一片黄叶,覆盖在枪上,明晃晃的,而其余部分则笼罩在冰凉的蓝色阴影中。

时间一分钟一分钟地过去了。肉眼看不见它的移动,不过它确实一直在移动,可以从周围物体的参照下看出来。

光斑开始慢慢爬到弹匣的另一侧。

大家都默不作声紧张地看着这一切,偶尔一两个人扭头疑惑地看看汤森,又扭过头去,没有说话。

弹匣里缓缓升起了一丝黑烟,然后很快消散了,没有留下任何痕迹。

现在,菱形的三个点都爬过了这个位置,爬到了弹匣的另一面。第四个点还在火药的位置上,不过很快就要挪开了。

"我明白了你要展示给我们看的原理了,"埃姆斯最后说道,"不过这次,似乎并没……"

忽然,一道不祥的光闪过,把他们都吓了一大跳。紧接着一道橘红色的光从枪管射出,一声巨响轰得屋顶和窗户隆隆响,一股刺鼻的烟味弥散在空气中。

台灯只剩下了底座,窝在沙发的一角。圆形灯罩、灯泡,以及支架都被削掉了。

汤森说:"这个,就是哈里·迪德里希的脑袋。"

"所以,真相就是这样。"埃姆斯说。

"真相就是这样。"汤森附和道。

"也许是这样,"埃姆斯说道,"可是,别忘了,有一个目击者看到你从房间里跑出来,手里拿着那把枪。"

"幸好,老爷子也看到了,"汤森说,"那天我在隔壁的房间睡着了,枪声惊醒了我,我跑进房间看发生了什么事,显然,我拾起了枪,握在手里,跑出了房门,我一定是看到了汽车开过来,就激动地大喊起来。"他耸耸肩,接着说,"他们当然会抓住这个机会,轻而易举地让斯特拉瑟斯先生认为,我手里拿着枪跑出来,也是想要杀他们。他们带斯特拉瑟斯先生回来就是这个目的。可能阿尔玛还尖叫了几声,这样斯特拉瑟斯也听不清我在喊什么了。"

"这个局布得不错。"埃姆斯说道,即使不情愿,也不得不佩服。

他们陆陆续续地走出房子,上了车。门口执勤的哨兵站起身,手放在椅背上,很明显,等那群人走远后,他又要一屁股坐回椅子里。

迪德里希家的房子落在他们身后,越来越远,就像从未存在过一样。它消失在树林中,有人回头看了一眼,汤森却没有。

"那现在我该怎么办?"他问道。

埃姆斯抚弄着手里的公文包,里面装着埃米尔·迪德里希眨眼睛发信号的资料副本,他说:"我会把他的证词提交给公诉人,当然,我也给出了我自己的报告,包括你给我所展示的那些。严格说来,从现在开始这案子就不再归我管了,不过……"他给了汤森一个鼓励的眼神,"我觉得你现在没什么可担心的了。他们会撤销对你的谋杀指控,接下来你可能成为我拘留的哈里·迪德里希谋杀案的一名重要证人。这跟服缓刑没多大区别,你只要在庭审结束前待在这附近就行了,我会尽我所能给你提供方便。"

他片刻也不耽误,一回到警队大楼,这栋楼跟监狱是同一栋楼,他就对守卫说:"这个犯人跟我一起在我办公室吃饭,回头我把他送到这儿来。"

他从广场对面的饭店里点了晚餐,还叫了几瓶啤酒送过来。

"呵,对你来说这事儿真逗,"汤森说,"坐在这里跟我安安静静地吃一顿饭,跟一个你花了那么长时间抓捕的人吃饭。"

"是啊,"埃姆斯喝光杯中的啤酒,说道,"我们之间结束啦。我以前追捕一个名叫丹·尼尔林的人,结果在这里和提拉里街之间的某个地方,我让他跑掉了,不管是在那儿还是别的什么地方,我都以为他再也不会出现了呢。"他笑了。

汤森看见,这双灰色的眼睛里满是善意。

回归安宁

火车缓缓驶入站台，将带他回到当下，回到弗吉尼娅身边。列车发出嘶嘶的响声和隆隆的轰鸣声，它向外稍微打了个弯，又打直了向前驶来，就在大家都觉得它似乎要错过新杰里科站的时候，它停了下来。

埃姆斯、汤森以及一名助理不得不沿着月台跑起来去追赶列车。汤森现在只是阿尔玛·迪德里希案的一名重要证人了。

助理警官第一个跳上了火车，汤森的脚刚踏上列车最下级的台阶，就转过身来对埃姆斯说再见。

埃姆斯用手指戳了戳汤森的胳膊，戳到他小时候打疫苗的那个位置,说道:"你最迟可以待到星期三,这是我给你的最大期限了,你告诉她了你要来吗?"

"没有,我要不知不觉地回到她的身边,就像过去一样。不过这次就永远在一起了。我要带她一起来,这样,开庭时这事闹得沸沸扬扬,在我身边,她也不会胡思乱想了。"

"我会安排好的,"埃姆斯说,"我会在我的警局宿舍里给她安排一个房间。"

火车动起来了。汤森走在助理警官前面,走进了车厢,坐在靠窗的位置上。他取下帽子,挂在架子上,向后靠着椅背坐着。新杰里科开始渐渐落在身后。忽然,他眼角的余光瞥到什么东西,仿佛是过去的某个不安的记忆。

窗外,埃姆斯正沿着站台奔跑,对他笑着,手里拿着一个东西闪着金属的光泽。

汤森打开窗,埃姆斯把那个烟盒塞给他,这就是他在提拉里街上当掉的那个烟盒。"昨晚你把这个落在办公室了,我忘记还给你了。你笑什么啊?"

"我不知道,生活就像一个圆,对吧?我们怎么开始的,我们也怎么告别。第一次我看见你的时候,你也是像这样在车窗外面跑,想抓住我。"

火车开始加速,埃姆斯渐渐落在了后面,然后消失在视野中。火车还未全速前进,汽笛尖叫着,经过了村外青苔密布的一片墓地。

汤森瞥见了一个熟悉的土堆，那个小小的墓碑是他送给露丝·狄龙的唯一礼物。露丝为他付出了那么多，过去和现在。他举起两根手指放在太阳穴的位置，向她行礼，致敬、告别。

前方的火车头发出一声长鸣，似乎带着难以言说的悲伤。悲鸣声渐渐逝去，却在汤森的耳中回荡了一会儿，才渐渐淡去。由此，汤森知道，跟回荡在乡村上空孤独的列车汽笛声一样，一切都已经过去了。

过去的一切，烟消云散。

永远。

图书在版编目（CIP）数据

黑色帷帘／（美）康奈尔·伍里奇著；王巧俐译
．－－ 上海：上海文艺出版社，2019（2021.3重印）
（康奈尔·伍里奇黑色悬疑小说系列）
ISBN 978-7-5321-7281-8

Ⅰ．①黑… Ⅱ．①康…②王… Ⅲ．①长篇小说－美
国－现代 Ⅳ．① I712.45

中国版本图书馆 CIP 数据核字 (2019) 第 135557 号

黑色帷帘

著　者：[美] 康奈尔·伍里奇
译　者：王巧俐
责任编辑：蔡美凤　朱崟滢
装帧设计：周　睿
责任督印：张　凯

出　版：上海文艺出版社
出　品：上海故事会文化传媒有限公司
　　　　（200020　上海市绍兴路74号　www.storychina.cn）
发　行：上海文艺出版社发行中心
　　　　（上海市绍兴路50号）
印　刷：上海中华印刷有限公司
开　本：889毫米×1194毫米　1/32　印张6.75
版　次：2020年2月第1版　2021年3月第2次印刷
ＩＳＢＮ：978-7-5321-7281-8/I·5796
定　价：35.00元

版权所有·不准翻印

上海故事会文化传媒有限公司 出品（00915）www.storychina.cn

想看更多精彩故事？
扫码下载故事会APP

上海故事会文化传媒有限公司所有图书可办理邮购，免收邮费（挂号除外）
汇款地址：上海市绍兴路74号(200020)，收款人：上海故事会义化传媒有限公司出版发行部
联系电话：021-64338113
如发现本书有质量问题，请与印刷厂质量科联系 T:021-60829062